鸦雀无声

段一◎著

THE SILENCE

百花洲文艺出版社
BAIHUAZHOU LITERATURE AND ART PRESS

图书在版编目（CIP）数据

鸦雀无声 / 段一著 . —南昌：百花洲文艺出版社，2017.5

ISBN 978-7-5500-2147-1

Ⅰ . ①鸦… Ⅱ . ①段… Ⅲ . ①长篇小说–中国–当代
Ⅳ . ① I247.5

中国版本图书馆 CIP 数据核字（2017）第 060682 号

出 版 者 百花洲文艺出版社
社　　址 江西省南昌市红谷滩世贸路 898 号博能中心 A 座 20 楼　邮编：330038
电　　话 0791-86895108（发行热线） 0791-86894790（编辑热线）
网　　址 http://www.bhzwy.com
E-mail bhzwy0791@163.com

书　　名 鸦雀无声
作　　者 段　一
出 版 人 姚雪雪
出 品 人 铁　鱼
责任编辑 晏仁琼
特约策划 王　敬
特约编辑 秦　姚
营销编辑 王合心
封面设计 蔡小波
经　　销 全国新华书店
印　　刷 北京博艺印刷包装有限公司
开　　本 1/32　880mm × 1230mm
印　　张 10
字　　数 171 千字
版　　次 2017 年 7 月第 1 版
印　　次 2017 年 7 月第 1 次印刷
定　　价 35.00 元
ISBN 978-7-5500-2147-1

赣版权登字：05-2017-87

登场人物介绍

周洪生 ◆ **周家元老。**

周岳生 ◆ **周家元老，周洪生的双胞胎弟弟。**

周培鑫 ◆ **周洪生与周岳生的堂弟。**

周培增 ◆ **周洪生与周岳生的堂弟，周培鑫的双胞胎弟弟。**

叶月佳 ◆ **周岳生的妻子。**

叶国立 ◆ **叶月佳的哥哥。**

周彬轩 ◆ **周岳生的儿子，其已故双胞胎哥哥为周思贤。**

柳文慧 ◆ **周思贤的妻子。**

柳文秀 ◆ **周彬轩的妻子，柳文慧的双胞胎妹妹。**

周宝文 ◆ **周思贤的儿子。**

周宝武 ◆ **周思贤的儿子，周宝文的双胞胎弟弟。**

周紫英 ◆ **周彬轩的女儿，于一年前自杀。**

周隽丽 ◆ **周彬轩的女儿，周紫英的双胞胎妹妹。**

镇上关联人员

李富贵 ◆ **小镇派出所的警察。**

邹光耀 ◆ **小镇的镇长。**

贾继光 ◆ **小镇所属县的刑警大队队长，负责调查小镇的连环谋杀案。**

其他人员

段一 ◆ **无业旅人，曾做过私家侦探。**

流浪汉 ◆ **身上散发着强烈的臭味，一身谜团的人。**

“我” ◆ **身份不明的拾荒者。**

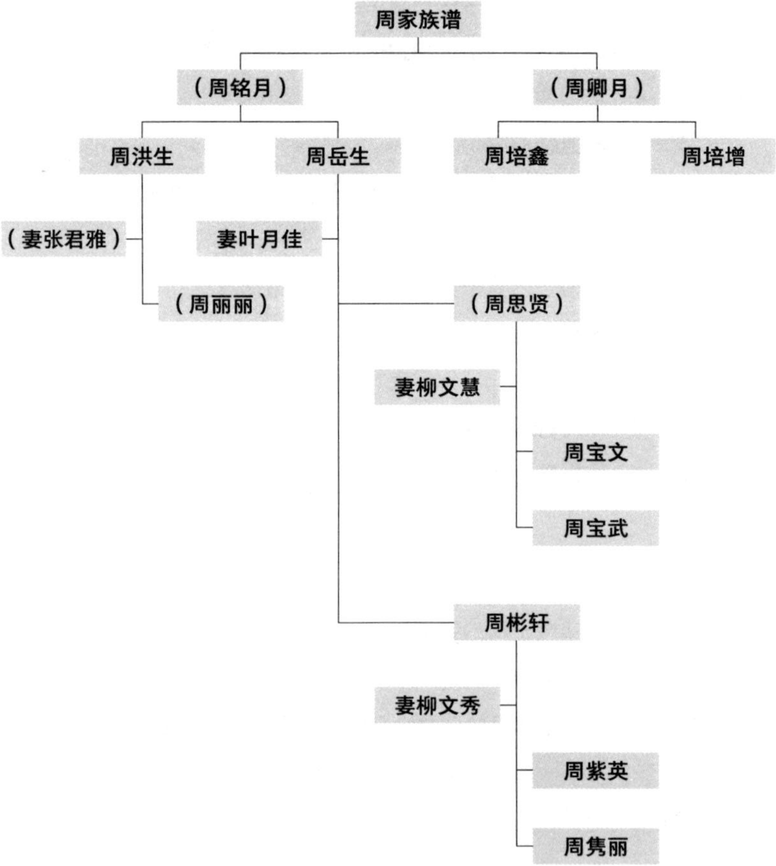

备注：族谱中加括号者在本故事开始多年前便已去世。

目　录

[序 幕]

秋夜，没有夜生活的偏僻小镇，在时钟走过九点后，开始渐渐陷入死寂。

天上看不到月亮，几颗不发亮的星星根本看不出存在感。促狭的街道上凝结着一股静谧的氛围，路灯打下的白炽光芒间漂浮着几只蚊虫，与绿化带上的树影纵横交错，草丛中偶尔传来野猫的叫声，仿似婴儿的啼哭。这么一个透着阴郁气息的夜晚，让人感觉仿佛暗藏杀机。

街旁一个三层高的酒店，门头上霓虹闪烁，二楼包间处一个落地窗里还闪着灯光，里面的人在推杯换盏间说笑着。这是镇上的风云家庭——周家——的家庭聚会，今天他们是在为一对老人庆生。两位老人名叫周洪生和周岳生，是一对双胞胎，如今也是周家辈分最高的元老。

几十年经商所造就的殷实家境使得周家在本镇知名度极高。除了豪门之家外，周家更为引人瞩目的是他们“双胞胎之家”的奇特身份。包括今天过大寿的周洪生与周岳生，二人的堂兄弟以及周岳生的儿子也是一对双胞胎。而且，两个儿子在成年后竟分别与镇上的另一对双胞胎女孩结婚，婚后又各自生出一对双胞胎！这种奇异的家庭情况受到了非常多的关注，也在无形中成为周家生意的最好广告。也因为如此，近几年来，周家的生活越来越富足，他们在镇西买了一栋豪华别墅，在这样一个贫穷的镇上，它很快成为标志性的建筑。

酒店的包间里，数对双胞胎坐在一起，一边吃饭一边谈笑着，这样的景象让人觉得甚是猎奇。紧坐在两位寿星老人旁边的是目前周家的当家人周彬轩，他是周岳生的儿子。在这之前，周家的生意业务主要由周彬轩的双胞胎哥哥周思贤打理，但在几年前，周思贤于美国拓展生意时，积劳成疾英年早逝，也就是从那时开始，周家的事业重心逐渐转移到周彬轩身上。今日两位老人的生日大寿也是他主持的。周岳生一边小口呷着十年窖藏的茅台，一边慢慢拍着儿子的肩膀，不时跟他耳语几句，看这样子，似乎是在托付周家的一系列重要事务。周彬轩认真地听着，面露谦恭，还时不时地给他父亲夹几口菜，欢脱的女儿与家里其他人打闹着，不时地在周岳生与周彬轩父子俩身边穿过。

照此热闹的架势，酒宴不过三四个小时，是肯定不会结束的。

席间，一位六十出头的寸头男人却看起来相当不合群，他委身坐在酒席的一角，自斟自饮着，嘴唇上挂着酒席上各种佳肴混合的油花，两只倒吊小眼睛四处瞄着周家的众人，看起来极不友善。嘴角上勾着奇怪的笑容，不时地咧着嘴干笑两声。他面露绯红，一身酒气，已经醉得很厉害了。

推杯换盏间，酒席上的所有人几乎都没跟他说过话，而他也一副毫不在意的样子，仿佛周家此刻的喧嚣与兴奋都与他无关。良久，许是男人自己都觉得有些无聊了，他一仰脖，喝掉了分酒器中的最后一小口酒，晃晃荡荡地站起来，从包间的偏门走了出去，之后沿着酒店走廊的墙壁，慢悠悠地向外面走去。包间里，欢闹的声音一丝也没有降下来，男人似乎是因为这个感到有些不快，他半握着的右手忽然向墙上狠敲了一下。

踉踉跄跄地，男人走出酒店，在街道上胡乱踱着步子。他似乎没有明确的前进目标，行走方向任由被酒精麻醉过的意识支配。在饭店外面转了几个圈后，此人缓缓地拐进旁边的一条没有人的小巷，一边哼着走了调的小曲，一边走三步停两步，缓慢又晃动地前进着。

这个人叫叶国立，如果不算此次参加宴会的周家的媳妇们，他是唯一一个不姓周的人。叶国立是今天的寿星之一周岳生的大舅哥，也就是周岳生的妻子叶月佳的娘家哥哥。周家庞大的产业里，也有一小部分股份是叶家的。大约在一个星期前，因为有诸多重要的业务和决策需要进行商讨，叶国立便来到了周家，而这次商讨一直持续到了现在，因此叶国立罕见地受邀参加了这个家庭聚会似的庆祝。

但周家并不喜欢这个亲戚，他不学无术，还是个酒鬼，经常会惹人厌烦。宴席上，如果不是叶月佳偶尔还能跟他说两句话，叶国立简直会疯掉，他自己明显感觉到了这种不受欢迎的氛围，自顾自地喝着酒，很快便醉醺醺了。

“诸位，让我们共同举杯，再一次为家里两位老寿星庆贺，祝他们年年有今日，岁岁有今朝！”周彬轩站起身来，拿着酒杯的手挥了一下，大家也纷纷站起来响应，乖巧的女儿此刻跑到周彬轩身边，手中拿着的果汁与周彬轩的杯子碰了一下，“爸爸，我们共同祝愿爷爷们生日快乐！”

酒店外的街道上，谁也没注意到落单的叶国立。他一边毫无目标地走着路，一边嘴里哼哼唧唧，眼神迷离。由于酒精对脑部的摧残，叶国立看到的景象全部带着重影，恍恍惚惚。他迷迷糊糊地在小巷里走了一阵子，紧接着就因为酒精上脑，整个人瘫软在地，后背斜靠在墙边。胃里一阵翻滚后，他嘴中吐出了大量的食物残渣，其中掺杂着茅台混合着胃液的怪异味道。

吐完之后，叶国立整个人趴倒在地上。背部一阵阵富有节奏地鼓起，似乎是在喘着粗气。

他根本没注意到，远处，一个人影挪动着身子，正在黑暗中慢慢靠近。

来者披头散发，身上穿着破烂的衣服，浑身散发出一股刺鼻的恶臭。他右手提着一个编织袋，编织袋里沉甸甸的，似乎塞着重物。此人缓缓地走到叶国立身旁，这时，叶国立的粗气已经渐趋平缓，似乎是睡着了。

人影慢慢蹲下，看着瘫在那里的叶国立。

人影右手拿着的编织袋正有节奏地一下一下颠着。这时小巷里忽然传来一声猫叫，就像是为了配合猫叫似的，人影手里的编织袋也停止了晃动。

忽然，小巷外的二楼包间传来一阵欢呼声，紧接着是多个人此起彼伏的大笑声，人影的手抖了一下。

“哼……”醉酒的叶国立似乎也听到了欢呼声，鼻子哼了一下，随即呼出酒味很重的气息，人影禁不住掩住了鼻孔。

“尽情地乐呵吧……嘿嘿……早晚有一天……”叶国立闭着双眼，仿似梦呓一般，喃喃地说道，“早晚有一天……我会让你们不敢……不敢再小瞧我、忽视我……就像……就像你们那个宝贝姑娘……还不一样让我给……嘿嘿嘿……”

这一刻，人影的身体剧烈地颤抖着。

远处包间里依然热闹，周家的说笑声此起彼伏。

少顷，人影站起身来，环视这条小巷，确定没有人后，他静静地站在那里，双眼紧紧凝视叶国立，在周家传来的欢闹声中等待着。

慢慢地，周家的声音平复了一些。人影仿佛期待了很久，他深吸一口气，举起手中拿着的编织袋。

紧接着，他没有丝毫犹豫地向叶国立的后脑勺击去。

“乓！”

黑暗中传来一道沉闷的声响，紧跟而来的是简直可以忽略掉的轻微呻吟声。叶国立被酒精麻醉的神经系统似乎根本没来得及感到疼痛，就进入了昏迷。

在停顿了几秒钟之后，这道声响再次继续，一下又一下。

“乓，乓，乓。”

后脑勺上的血迹越来越多，直至最后，一阵强烈的“嗑嚓”声后，人影停止了攻击。

二楼包间里，周彬轩一仰脖，烈酒顺着咽喉涌了进去，在那一瞬间，他好像听到附近工地上传来什么敲打声。

“哪家的工地大半夜的还打桩啊？”周彬轩夹了一口菜，自言自语道。

[明之卷一·小镇惨案]

一

段一此时正站在周家的别墅门口，环视着这个堪称镇上最富足的家庭。身旁站着这个家的主人周彬轩，对方将段一请进庭院，两人一前一后缓缓迈着步子。

大学毕业后，段一一直没有找到像样的工作，他在省城里打着零工，有了一丁点积蓄，便会去附近的镇上做短途旅行，感受不同地方的风土人情和自然景观。在这样浑浑噩噩的生活中，段一竟然误打误撞地卷入了几起麻烦的案件，而他一时抖了几个小机灵，竟然成了破案的关键线索，也在这样稀里糊涂的经历中，“著名私家侦探段一”的称号竟然被渐渐传开了。一直以来为工作问题头疼的段一利用这个莫须有的名号，真的开了一家侦探事务所，但接手的案件都是些毫无技术含量的，而神经大条的段一显然并不真的具有这方面的经验，一年多的时间里一直惨淡经营。最后，段一的事务所被工商部门以欠缺经营执照为名，罚款了个底朝天，之后也关门大吉。

不过，借助这个坎坷的经历，段一的名气倒是打了出去，省城里很多人都知道，有这么一个不屑于接手简单案件（实际上是简单案件也搞不定）、一边四处旅行一边侦破案件的私家侦探段一。周彬轩慕名而来，在互联网上找到了段一的联系方式，请他务必来一趟小镇，调查叶国立被杀一案，并许诺十万元重金酬劳。

尽管对自己的侦探能力没有自信，但段一还是禁不住这十万元的诱惑，买了火车票后，欣然前往。

来小镇之前，段一做了比较充分的预备工作，他在网上详细搜索了有关周家的诸多消息，知道周家除了在经营着一间大公司，最为知名的就是他们“双胞胎之家”的猎奇故事。据说现在周家每一代人几乎都是双胞胎，但最神奇的还是在这之前的一百年，周家也重复着同样的故事——每一代人生出的几乎都是双胞胎。

与周家这些猎奇故事相伴随的，还有所谓“诅咒”的传言。

段一翻看了不少当地的论坛和社交网络，有关周家遭遇诅咒的说法并不在少数，但对诅咒的具体内容却众说纷纭，其中比较赞同的一种说法是在一百多年前，周家曾遭遇形迹恶劣的江湖术士的咒术，从此之后只能生得出双胞胎；另外还有一种假托生物科学的“现代化”很强的说法，即周家的诅咒实际上是一种变异的遗传基因，导致他们只能生得出双胞胎。不管哪种说法，最终都会落到一句话“如果周家有一代人生的不是双胞胎，灾难就会发生”。

尽管如此，段一对这些说法整体上是不信的。因为大部分人的观念都是生出双胞胎通常并不意味着灾难，而是一种福祉的象征。

“段先生，这个庭院是我们八年前建好的，为了保证景观效果，每年都会请人定期维护一次。”周彬轩的声音将段一从回忆中呼唤回来。段一眨了眨眼睛，挥散掉脑中的画面，抬头看了一眼周家富华的别墅庭院。

段一现在的精神状态并不太好。为了能一大早与周彬轩会面，他赶早从省城坐火车过来，睡眠严重不足。下车后本打算吃点早饭再来周家，却又莫名其妙地忘记了，现在的他感到一种晕眩与反胃相结合的不适。

尽管如此，段一还是强忍着身体的不适，跟随周彬轩的脚步穿过庭院。一座假山映入眼帘，假山四周被池水环绕着，水清澈见底，很明显是有专门人员定期维护。一条用碎石子铺成的道路围绕池水而建，在偌大的庭院里歪歪斜斜地通向前方，给人以身处郊外的幻象。庭院两旁，摆放着几个奇形怪状的雕塑，任段一如何凝视，也看不出这雕刻的是哪种动物。池后还有一座相当于半人身高的山石，山石表面一半平滑、一半坑坑洼洼，不知是什么自然现象形成的。这些略显奇特的景致和摆设让段一的神志稍微清醒了一些。

“这座山石是从泰山上采集的。”见段一凝视那座山石，周彬轩介绍道。

“那个塔状的建筑物是做什么用的？”段一指了指西面，问道，“我看它是脱离别墅本体另建的，而且比别墅本身还高，用来做什么？贮藏？居住？还是只为美观？”

“哦，那是我已故哥哥的孩子，也就是我两个侄子——宝文和宝武的房间。”周彬轩说道，“因为他们是周家唯一的血脉，所以在嫂子的要求下，特意为他们两人安排了能安静学习的地方，他们自出生后一直在那里接受着家教式的英才教育，这都是为了能让他们合格地继承家业啊。”

“之所以建成了塔的形状，只是为了美观而已。”周彬轩继续说道，“最初只是想为他们单独建一个独立的起居地点，但是请来的建筑师说，如果想与整个别墅和庭院的环境切合，建一个高出别墅的塔状建筑物最好看，所以我们就照做了。另外，从风水的角度来看，似乎这样设计也能起到‘聚财’的目的。”

段一心领神会地点点头，从整体来看，那座塔状建筑物在整座府邸中确实起了画龙点睛的作用。他不由得感叹，如今的富二代实在是享受了太多的奢侈待遇。

绕过山石后，两条蜿蜒的碎石路汇合在了一起，直直地通往前方的别墅大门。周彬轩快走两步，为段一打开了门，两人一前一后走入别墅大厅。

“爸爸，你回来啦。”一个清新可爱的声音传了过来，只见一位二十岁左右、身着碎花长裙的女孩向两人走来。女孩子手中拿着一件由红、蓝、绿三色琉璃组合而成的工艺品，流线型的外观拼接出意识流的形状，很符合现代人的解构式审美。

“这是在省城买的吗？”周彬轩问。

“对啊。”女孩晃了晃手中的工艺品，“本来打算回到家后就给爸爸看的，结果一直等到现在你才回来。”女孩嘟着嘴说道，面颊上有一股天然的绯红，为她更增添了几分可爱的气息。段一内心不禁感到一股异样的悸动。

“这位是谁？客人吗？”女孩毫不怕生，笑嘻嘻地看了一眼段一，问道。

“啊，我是……”段一正想自我介绍，却被周彬轩打断，他以近乎命令的口气对女孩说道，“爸爸有事要谈，一会儿再陪你。”说罢，周彬轩带段一快步走出大厅，进入了别墅的长廊。

段一回头看了女孩几眼，待大厅通往长廊的房门关上后，段一还听到女孩失望的叹气声。

“实在不好意思，我不想让女儿知道家里来了私家侦探。”周彬轩解释道，口气中充满了歉意。

“不要紧，我理解。”

段一没再说什么，他跟随周彬轩走着，在长廊的尽头，周彬轩打开了一道门，里面是一个宽阔且光线充足的房间，内设于墙壁中的书架直接铺满整面墙，书架上拥挤地摆放着各种图书，在书架旁边，是一张高级书桌。段一猜测，这应该是周彬轩的书房。

二

“目前我们家里共有十一口人。”周彬轩坐在书桌前，段一则坐在了他的对面，“总共有四对双胞胎，我的父亲周岳生和他的哥哥周洪生、我的妻子柳文秀与在世时哥哥的妻子柳文慧、哥哥的两个儿子周宝文与周宝武，还有已去世爷爷的弟弟所生的双胞胎，周培鑫与周培增，也就是我的叔叔，他们终生未娶，一直相互扶持着生活。除了他们，还有我、我的母亲叶月佳以及我的女儿周隽丽——就是你刚才看到的那位。我曾有一个双胞胎哥哥，叫周思贤，但十几年前在美国联系业务时，积劳成疾去世了。”

“周先生，据我所知，你的女儿不也是双胞胎吗？”段一抛出了自己心头的疑问，他在来之前曾经在网上查到，周家有十二口人，除了周彬轩刚刚说的十一人，还应该包括周隽丽的双胞胎姐姐周紫英。

“我本来确实有一对双胞胎女儿。”周彬轩眉头紧皱，愁容渐现，“但是，大女儿紫英，就是你刚才看到的隽丽的双胞胎姐姐……在一年前……”周彬轩嘴巴张了几下，最终没有说下去，他眼神略有异样，似乎想起了某段伤心的往事。

“一年前？发生了什么事？”不解风情的段一完全没有注意到周彬轩悲伤的样子，他好奇地追问道。

“算了，不说也罢。”良久，周彬轩给了一个不置可否的回应，他勉强笑了一下，“这件事和我今天要委托你的事情是无关的，我们还是谈正事吧。”

段一终于察觉到了这不是一个可以继续追问的话题，尽管周彬轩没有说什么，但很显然这位叫周紫英的女孩已经因为某种原因不在这个世上了。他轻咳一声，示意周彬轩讲“正事”。

“大约在一个月前，我的舅舅叶国立来到了这个镇上。”周彬轩开始了他的讲述，“但是没想到他在我们家刚住了几天，就死于非命。舅舅是一个吊儿郎当的人，不拘小节，做事方式也比较随意，所以有时候会招来一些不满。我记得他来的那天是九月三十号，要不就是十月一号……我记不清了，之后过了四五天，应该是在十月五号那天……对，是十月五号，那天正好是父亲和伯父的生日。我们在镇中心的一家饭店里吃饭，那时全体家庭成员都到了，舅舅也应邀参加。”

“刚才也说了，舅舅的性格吊儿郎当的，酒瘾还比较严重，正因为这些毛病，我们一般不与他凑饭局，更何况他是母亲娘家那边的亲戚，我们之间的接触也少，但这次伯父和爷爷的生日正巧让他赶上了，只好一并邀请。宴席上，舅舅喝了不少酒，还说了一些胡话，我们都了解他这种性格，也就没有太认真。宴席结束后就已经接近晚上十点了，我们全家人都是三五成群各自回去的，回到家后，我们才发现没有见到舅舅，但当时实在是太累了，便都自顾自地睡觉了，连母亲也只是象征性地等了他一会儿，大概大家都觉得一个大男人不会丢掉吧……直到第二天一早，附近的邻居不断敲着我们宅院的大门，我们才知道，原来他们在我们家附近的一条小巷看到了舅舅的遗体。”

段一点了一下头，示意周彬轩继续说下去。对段一来说，这一尸体发现的过程并无特别，在旅途中曾卷入各种事件的他甚至已经习以为常，这种职业经历所造成的冷漠让他看起来非常没有人情味。段一此时更关心的是案发现场的状况。

“那时他已经死透，根本没救了，母亲当时被吓坏了，哭成了泪人，还一度晕厥了过去……我们直接报了警。”

“直接报了警？没有叫救护车吗？”段一问道，“尽管他当时已经死透，但一般亲人不是会抱着仍有一线生机的想法，叫救护车过来吗？难道你们家中有通晓医术的人？”

“如果你亲眼看到当时的现场，你就不会奇怪我们为什么没有叫救护车了……”

“哦？”

“现场……现场的情况，实在是太恐怖了……”周彬轩深吸一口气，一滴汗从他的额头滑落，在他的鼻翼驻足一会儿后，偷偷溜进了他的脖颈，“直至现在，我想起来还觉得不寒而栗，也难怪胆小的母亲当时会晕厥过去。”

“怎么了？”

“舅舅的死状出乎意料的惨烈，伤口在后脑勺那个位置……后来法医的检查结果显示，伤口是用所谓的‘钝器’反复击打，一直到他死亡为止。”

“听起来似乎也并不是多恐怖。”段一说出了自己的心里话。

“但是……舅舅的后脑勺几乎都被打烂了……”

段一用力咽了一口唾液，他感到自己的胃里一阵翻滚，似乎有什么东西将要涌上来，他好不容易才将这翻滚的东西控制住。本来从下火车开始精神状态就不佳，现在听到周彬轩对案发现场的描述，他身体更加不适了。不知为何，这一刻，他竟想起了今早下车后遇到的某样东西，但又无论如何都想不起那是什么。

脑浆……那混合着血液的……

又一股反胃的感觉涌上来，这种油然而生的恶心感似曾相识。段一分明记得，今天早上来周家别墅前曾有过类似的体验，却无论如何都想不起来。

“法医鉴定的死亡时间是什么时候？”良久，段一强作镇定，继续问道。

“是在十月五号晚上的八点到八点半。”周彬轩回答，“那时我们全家都还在饭店里，舅舅当时已经喝醉了，他自己拿着酒瓶走出去了，我们都知道他嗜酒的毛病，而且看他醉得不是很严重，应该不会发生什么事，就没有管他。”

“这么说来，你们家庭中的成员都不是凶手了。”

“那当然了！”似乎段一的这种说法暗示着对周家人的怀疑，这让周彬轩有点生气，他刻意提高了嗓门，用来表示抗议，“尽管我们有时候挺反感舅舅那种待人接物的方式，但绝不至于因为这个杀人吧？”

“有没有可能是凶手见财起意？”周彬轩咆哮完之后，段一眼睛眨也不眨地继续问道。

“不是，舅舅身上的钱包没有被拿走，更何况，有哪个抢劫犯会疯狂到砸破被抢人的后脑勺的地步？”

“嗯，你说的对。”段一说，“这么看来，这起案件还挺复杂的，嫌疑人的范围不但涵盖整个小镇，甚至还包含了当地的许多外来人口，不排除有人一路跟踪叶国立到当地行凶的可能……如果要查出真相，必须先找出与死者有过节的人物，再一个个进行排查。”

周彬轩点点头。

“你了解你舅舅的私生活吗？他平时有没有得罪过什么人？”段一问。

“不清楚，我没怎么和他接触过，只知道他很吊儿郎当。事实上，我们家一直不太喜欢母亲的娘家人。”

“段先生，不瞒你说，我母亲出身贫寒，跟我们周家的差距比较大。”周彬轩的脸上露出苦笑，“我并不是在说看不起舅舅他们家境贫寒，而主要指人格品行方面。我们家族从改革开放便涉足商界，从农产品和化肥的交易做起，伴随着经济形势的变动，主营业务辗转改变了几次，最终在保健品这一行业稳定下来，并有了今天的成绩。这当中固然存在机遇因素，但我认为成功的主要秘诀是我们家族成员的辛勤劳动，从我父亲那一辈，一直到我，再到现在已经成年的我的下一代，不管男女，大家一直都是勤勤恳恳的，虽然有了一定的成就，但我们不曾因此而放松——这也许是我们周家的好传统吧，可是……母亲娘家那边却完全不一样……”

“我们周家做事一直比较传统，即便在家境发达后，也恪守家规，继续留在这个祖业传承的镇上；挑选媳妇时也更偏重找底层出身的好姑娘，为的便是让家族企业的发展更加凝聚力量。父亲相亲时，也基本是按照这一要求进行的——不在乎女方的家境和出身，但个人品德却一定要放在首位。最终，父亲喜欢上了镇里长大、性格内向但勤俭持家的母亲，那时对父亲来说，母亲简直就是最合适的结婚对象，但他肯定没想到，母亲的家里有多么奇葩。

“母亲的家里比较贫穷，周家一度认为这样的家庭更能培养勤俭持家的品格，却忽略了随之而来的副产品。母亲的这种家境导致她娘家对母亲的婚事投入了太多期望，无论是姥爷、姥姥还是舅舅，似乎都倾向于借助一个富贵的女婿让家庭走出窘境。而他们家里人的性格，也在很大程度上与我们的家风不合……或许我这样说太难听了，但我感觉除了母亲以外，他们家都多多少少有一点贪财好利、刁钻刻薄，尤其是舅舅……父亲曾说过，以前每次跟母亲回娘家，对他来说都是一种煎熬。”

“如果你们这么不喜欢他们，这次叶国立又为什么来到镇上找你们周家呢？”段一问，“他甚至在这里住了四五天的时间，如果不是他遇袭身亡，他应该还要再住一段时间吧？俗话说，‘无事不登三宝殿’，更何况是你们这种彼此之间有隔阂的一对亲家了。”

似乎段一的这个问题让周彬轩很是为难，他深吸了几口气，随即用手托下巴、低头思忖着，良久，周彬轩缓缓开口说道：“段先生，我就不怕你笑话了，事实上，我们家在公司股权分配问题上出现了一点争执。”

“哦？”段一来了兴趣，他把屁股往前挪了一下。

“哥哥在世时，我们的思贤保健品有限责任公司主要是哥哥一手经办起来的，那时候除了与我们周家无关的融资之外，其他的股权几乎完全集中在哥哥一人手中。当时我们没有任何人反对，因为所有的事也都是哥哥负责的。后来，随着事业的扩大，哥哥明显地感到分身乏术，于是开始有意地向其他家人分散权力和职责，这其中最主要的是分配给我，得益于这个过程，当时我们周家大部分成年人都得到了一笔完全没有付诸努力就得到的资财。

“哥哥去世后，公司的主要业务转移到我身上，自此，我们这种家族式经营企业的弊端才终于展现出来——囿于血统、亲情的维系，我们之间的股份长时间权属不清。这种矛盾在哥哥去世后得到了总爆发，对于家中周姓的人来说，由于都长时间生活在一起，即使权属不清也不怎么在意；但是，对于嫁到周家的媳妇来说，比如我的母亲，还有我的妻子柳文秀，以及去世哥哥的妻子柳文慧，这个问题就显得比较敏感了。

“母亲的问题最为严重，她娘家比较贫穷，很想借助富裕的周家帮娘家一把。再加上舅舅那种性格的人在这当中灌闲话，夹在两家中间的母亲越来越难做。尽管她也渐渐不习惯娘家人的做事风格了，但毕竟打断骨头连着筋，血脉是依然相连的。”

此时此刻，段一又感到一阵晕眩和反胃，他本来就不擅长处理这种人际关系，今天听周彬轩讲述这种混乱的家庭财产纠纷，更感到不适了。不知不觉间，他竟再次联想起刚才叶国立那摊混合着血液的脑浆。尽管段一并未目睹这一杀人现场，但竟在脑中浮现出清晰无比的画面。

脑浆……

胃里有东西开始连绵不断地从喉头汹涌而出，段一反复地向下压制。

唔……

记忆里，又再度想起今早刚刚下车时，曾经遇到过的某样东西，但还是死活想不起来。

唔……

“那么……”段一强忍住不适，问道，“最后你们是如何处理这一财产纠纷的呢？”事实上，他只不过是想借说话的机会，分散一下胃部的压力。

“最后的做法是，把周家比较可观的一部分股份抽离出来，单独划到母亲的名下，至于是将这部分财产留作私房还是供给娘家，则由母亲自己决定。”周彬轩显然没有注意到段一的异样，继续说道，“但是，母亲没什么文化，她不懂商业上的知识，即使有这一大笔股份，也完全不知如何行使股东权利。而如果把这部分股份再转委托给周家的其他人管理，这层关系又会显得尴尬——毕竟是你硬生生地从主人手中争取来的资本，却又让原主人代替你管理，这种事就太怪了。

“为难之下，母亲只得将目光转向她娘家现在唯一的男人——他的哥哥叶国立，由他负责平时向母亲出谋划策。尽管知道他玩世不恭，但母亲可能觉得，这个哥哥总是比自己有能力。

“然而我这个舅舅根本提不出什么建设性的意见，大部分时候，他还是要听从我们周家多数人的决定。这次他来找我们并在这里长住，是因为我们公司面临一次重要的战略抉择，按照公司章程的规定，所有股东都应该参与表决。但事实上，我们周家持有的股份占据了超过三分之二的绝对多数，因此只要我们周家内部人员关于这个问题达成了一致意见，就基本没有问题了。”

唔……

还是……不舒服……

“可是，毕竟母亲也持有一部分股份，所以她必须让自己的‘智囊’叶国立参与进这个马拉松式的讨论中。但事实上，这只不过是母亲的一厢情愿，以前也发生过几次类似的事，舅舅从来没有真正发表过什么意见，他利用这个机会来我们家，除了探望一下母亲，就是为了骗吃骗喝。”周彬轩脸上又露出了那十分无奈地苦笑，“也正因为如此，我们周家都很烦这个人，但他毕竟是母亲的哥哥，母亲对他的死还是十分悲痛的。我不忍心看到母亲这样子，很想警方能尽快破案，可都一个月了，警方几乎没有一点头绪，所以我才委托你来……”

呃……

周彬轩的声音在段一耳边不住地回荡，但段一几乎一句话也没有听进去，此时此刻的他，正反复地与胃里的不适对抗着。

想……想起来了……

今天早晨的那段经历……那段让自己联想到脑浆与血液的经历……

是那个流浪汉。

“哇！”

记忆倾泻而出，段一终于无法控制肚中的翻滚了，伴随着一声呻吟，段一将呕吐物倾倒在周彬轩面前那张高档书桌上。

脑中满是晕眩的段一，此刻却仿似又闻到了早晨那消失在记忆中的流浪汉身上的恶臭。

三

段一的大脑不受控制地开始回放早晨失去的那段记忆。

（今天早上，下火车之后，来到周家别墅之前，我曾在小镇的一条小巷子寻觅早饭……）

那里是卖早点的商贩的集聚区，小巷的两头一个挨一个地摆着各种各样的摊位，油条、炸糕、豆汁、馄饨，各式各样应有尽有，段一想不到自己眼中破败的小镇也会有这样热闹的地方。

经历过火车上的颠簸之后，面对这些美味，段一的饥饿感更加严重了。

一阵持续的“呲啦”声传来，段一的目光跟着声音来源移动：原来是一个大婶在炸油条。乳白色的面棍在锅中滚动着，看着它们在沸腾的油的过滤下，逐渐成为让人垂涎三尺的美味，段一感到自己的唾液在嘴中滚动。

段一走到大婶的摊位前，寻了一个干净的桌子，一屁股在旁边的马扎上坐下。

“老板娘，给我来两块钱的油条，一个茶鸡蛋，一碗豆浆，不要糖。”段一流利地说道，常年在街头摊位上吃早点的他早已对此轻车熟路。

（豆浆……就是这个东西，让我想起了叶国立那头上的……）

（但更重要的是，接下来出现的……）

“好嘞。”炸油条的大婶熟练地夹起四根已经炸好的油条，放在一个盛放食物的小箩筐中，随即在漂浮着褐色老汤的坛子里夹了一个茶鸡蛋，摆放在与油条相反的位置。接着，她又拿起一个暖瓶，把白色的豆浆倒在事先铺好塑料袋的碗中。

等了短短两三分钟，大婶就打点好了一切，把箩筐和碗放在段一面前。段一在桌旁的筷子笼里拿了一双一次性筷子，熟练地拆开了外包装。

看着箩筐里炸得根根饱满的枣红色的油条，闻着茶鸡蛋特有的香味，段一再次感到口中的唾液在加速分泌。他喝了两口豆浆，接着便一次性夹起两根油条放在豆浆里，等待豆浆把油条泡透。

（就是这个时候，那家伙出来了……）

段一正欲“大快朵颐”，一阵突如其来的恶臭飘了过来，恶臭中仿佛混合了多种食物腐烂发酵的味道，其味道之浓郁简直就像有一辆垃圾车在身边经过。刹那间，段一的唾液停止了分泌，他顿时感到食欲全无。

段一将头扭转过去，试图寻找这一恶臭的来源，他看到，沿街卖早点的摊主们也都闻到了这一恶臭，他们纷纷拿袖子遮住鼻子，脸上露出窘迫，甚至还有人恶狠狠地骂了一句。

段一看到，在小巷的另一头，缓缓地走过来一个衣衫褴褛的流浪汉，恶臭就是从他的身上散发出的。

流浪汉一头杂乱的长发，身子消瘦，破烂的衣服几乎遮不住自己的身躯，脚上的一双黑胶鞋已经看不出原来的本色，随着他慢慢走近，段一感到恶臭味越来越明显。

段一本能地屏住呼吸，心中不断期盼着流浪汉赶快走出这条小巷。然而流浪汉就是这么不解风情，他根本不理会周围人的白眼，依然故我地甩着八字步缓缓向前走着。

几分钟后，流浪汉终于完成了这一“旅途”，消失在巷道的另一头。此时此刻，段一才终于敢放松收紧的鼻孔，再次开始呼吸，他心里想如果流浪汉再稍慢一点，自己都有窒息的可能。

段一再度拿起筷子，看着漂浮在豆浆里已变得松软的油条，他忽然再也找不到刚才的那股食欲了，尽管臭味已经消失，但他依然控制不住自己肚中的胃液慢慢地翻滚。

（豆浆……脑浆……）

[暗之卷一 · 神秘的流浪汉]

一

我是一个拾荒者，一个无家可归，不知道自己过去与未来的彻底被世界遗弃的人。每日伴随我的，只有会发出怪异气味的垃圾，它们可帮我换取每日满足基本生存需要的食物。

我几乎忘记了我从何而来，忘记了我的身份、籍贯、履历，有关我自己的一切我都忘记了，或者说，即使没有忘记，我也强迫自己忘记。因为我一无所有，支持我基本生活需求的只有这肮脏低下的拾荒工作。

即便在这如此闭塞的小镇，并不富裕的镇民也对我这样的人投以鄙夷的目光，这也难怪，每当我透过溪水打量自己身上破烂不堪的行头，以及蓬头垢面的面容，有时甚至连我自己都感到恶心。

恶心归恶心，我起码还能做到保持身体清洁，虽然落魄，但我的身上没有太大的异味。

不像“那个人”。

说实话，“那个人”可以算是我的同行了，也许我们两人是镇上唯一（或曰“唯二”）的流浪汉，本来我们或许可以成为朋友，但是他身上的异味不得不让人敬而远之。

作为一个拾荒者，我每天大半时间都穿梭在各个道路小巷，拣些可以回收使用的废品，如果拣到未吃尽或略有腐败的食物，则直接填进肚子。这样的生活虽然卑微，但也悠闲。

然而这位伙计却完全不同，虽然偶尔能看到他拣起地上的易拉罐和硬纸壳，但他似乎更喜欢乞讨谋生——我并非是说他这样是在作践自己，没有自食其力，坦白而言，像我们这种处于社会最底层的人，已经不在乎是否自食其力了，拾荒与乞讨这两种行为都是低劣的不能再低劣的工作，作为拾荒者的我去嘲笑作为乞讨者的他，这怎么看也只是在五十步笑百步。

但是，如果只是普通的乞讨，那没什么可说的——以自己的可怜来换得别人的同情，也就是用尊严换金钱，没什么不可以的。但是我这位仁兄的乞讨却是别出心裁，他用以乞讨的资本不是自己的可怜状，而是身上的异味。

我始终觉得他身上的异味根本是故意为之。就算是再邋遢的流浪汉，也不至于像他那样发出令人作呕的恶臭，甚至在离他五六米的距离时，就已经能够闻到。他就是利用自己的这种“条件”，往路人身上去靠，路人摆脱不开他的纠缠，同时又急于逃离他那“毒气”的污染，只好给他点钱，将他打发走。

每当看到他计谋得逞时咧着大嘴狂笑的表情，我都感到一股愤愤不满的怒气。

杂乱的长发是每一个落魄者的特征，我与他均是如此。但他的头发格外的长，前额的头发已经长得盖住了半边脸，以至于我只能看到他的鼻孔和嘴巴，还有那每次咧嘴大笑时露出来的让人倒胃的黄牙。他身上常年披着一件到处都是窟窿的黑乎乎的外套，脚蹬一双脏兮兮的胶鞋，每日满村游荡，所到之处，人尽捂鼻侧目。

我始终觉得，流浪汉也是有尊严的，所以我绝对不会像他这样，尽管生活艰辛，我也要靠自己的劳动养活自己。

虽然抱着这样的信念，但面对越来越窘迫的生活，特别是还有这么一位如同蛆虫一样恶心的同行在你周围徘徊，有时我也会迷茫不知所措，在这种情况下，我就会停止拾荒，在自己委身的被人废弃的破毡房里睡上一整天。

随着时间的推移，我对这位同行的态度从反感变为好奇，因为我越来越发现，他似乎有着不为众人所知的秘密。我甚至觉得，他根本不是一个流浪汉，而他身上之所以有如此的恶臭，只不过是他为了防止别人靠近而刻意制造出的一种“屏障”。

我这么说并不是胡思乱想，而是有确实的根据：任何一个流浪汉都会偶尔出现找不到食物肚子饿的情景，尽管他以恶臭（其实是威胁）的“有效手段”来乞讨，也不可能每天都吃饱。我时常出现因找不到食物而饿一整天的情形，而他，据我观察，几乎一次也没有遇到这样的情况。

流浪汉住在山头一个废弃的蝗神庙里，以前我也曾在那里住过一段时间，但那里实在太过寂寥，到了深夜，周围看不到一处人家的灯火，却有无数令人毛骨悚然的猫叫和虫鸣，胆小的我实在是害怕那种环境，于是我就“搬离”了那里，在山脚找到了一个破毡房。

大约在三个月前，流浪汉第一次出现在镇上，他把那个蝗神庙作为屈身的地方，我起初以为他肯定也会像我一样受不了那里的气氛，过不了几天就会到破毡房来与我做伴，但出人意料地，他竟然在那里住下了。

我曾细心观察过他一段时间，作为流浪汉，一般情况下生活都是混乱无规律的，而他却有非常固定的作息习惯，每天有两次离开蝗神庙，分别是下午一点和晚上七点（我有一个拾到的破手表，所以能准确地知晓时间），每次一个多小时，之后返回。每次他回蝗神庙路经我的“家”时，我都能看到他，他的步伐多半很轻快，甚至还蹦蹦跳跳，有时嘴里还会含着一根牙签，给人酒足饭饱的感觉。

这一切，都让我不由得怀疑起他的身份。

有哪个流浪汉会一日三餐如此稳定？有哪个流浪汉会如此容

易地便乞讨到足够自己吃饱的食物？又有哪个流浪汉会刻意选择周围没有人接近的气氛诡异的蝗神庙作为栖息地？

如果把这些疑问与他的面貌联系在一起，可疑之处就更多了——他为什么故意让长发遮盖住自己大半边脸？难道他就不觉得这样子很影响视野吗？他是不是出于某种原因故意用这种方式隐藏身份呢？

我越想越兴奋，心中涌起强烈的窥探他秘密的欲望。终于有一天，我忍不住了，我决定晚上跟踪他到蝗神庙，看看他都在那里做什么。

二

为了达到这一目的，我甚至详细计划了整个行动。

其实，与窥探他在蝗神庙做什么相比，我对他在哪里顺利地乞讨到食物更为好奇，可是他乞讨食物都是在白天，而且镇上只有我们两个流浪汉，如果在白天跟踪他，实在是太过招眼了。反复思忖后，我决定暂时搁置这一好奇心，先把跟踪计划定在晚上，虽然晚上山头的气氛十分恐怖，但我的好奇心已经远远超过了内心的恐惧。

我选了一个晴朗的晚上展开行动，毕竟黑夜本来就容易让人看不清楚，若再起雾，更难上加难了。

那天晚上七点左右，我看到他像往常一样，迈着轻快的步子走下了山头，路经我的破毡房时，他没有向那里抛去一个眼神，这惹起我一股莫名的怒火。

我并没有立即跟上去，如果现在就展开行动，也许会幸运地查出他在哪里觅食，但是跟踪的时间越长，越容易被发现，我只需在这里等他回来，然后再跟着他上蝗神庙。

等待的时间是难熬的，虽然知道他只会出去大约一个小时，但是对于没有任何娱乐活动的我来说，这一个小时委实难熬。

此时已是十一月初，寒冷的冬天即将到来，我打量了一下身上残破的衣服，心里默默地祈盼自己不会被冻死。

我躺在毡房的破草堆上，百无聊赖地上下摩擦着自己的后背，以起到挠痒的效果，同时双眼一直盯着门外上山时必须经过的那个路口，生怕错过那个家伙。

一阵阴风从毡房的破窗中吹入，钻进我破烂的衣服洞里，我瞬间感到一股冰凉。我急忙缩起脖子，将身子蜷在一起，头也深深低下，让暴露在外面的脖子不会太冷。这时，我那杂乱的长发却不受控制地从耳后搭下来，轻轻地扫过我的面庞，我看着眼前的沾染过不少灰尘的发丝，心想应该到小溪边洗洗头了。

毡房外响起一阵沙哑的猫叫，伴着会说话的冷风，仿佛一群妖魔在山间起舞。我打了个哆嗦，不知是因为寒冷还是恐惧。夜里的山脚况且如此，那山头岂不更阴森恐怖？我心里十分害怕，但既然已经下定决心，一会儿一定要跟着那个家伙到山顶看看。

尽管感到寒冷，牙齿也在不受控制地打战，但我的双眼一直盯着门外，这种油然而生的莫名的执着，连我自己都觉得有些吃惊。

三

莫名其妙地感到一阵恍惚，天旋地转。随即，我好像陷入了昏迷。

等再回过神来，我发现周围破毡房的景象已经消失殆尽，自己竟然身处一间有着华丽装潢的大厅内。

我身着整齐的西装，手中拿着一杯黑红色的葡萄酒，酒精的香味沁入鼻中，我的神经感到一股不可名状的失控。我跷着二郎腿坐在沙发上，一位艳女正在我面前跳着舞。她的衣服极其简单，伴随着舞动，胸前诱人的乳沟在一点点跳动，天花板上的吊灯投下各种颜色的光芒，照在艳女的衣服上，闪闪发亮。

我呷了一小口葡萄酒，目不转睛地注视着面前的艳女，对方一边跳着舞，一边向我靠近。她伸出右腿，搭在我的身子上，我看到一条白油油的毫无赘肉的美腿横放在我的眼前，然后我将酒杯放在茶几上，双手搂住她的细腰。

我看到，面前的艳女，表情尽是妖媚与谄媚，我右手的中指和无名指慢慢勾着她的下巴，然后慢慢地把嘴唇凑到她的朱唇上。

…………

梦醒了。

我睁开眼，舌头不由自主地舔着嘴唇，似乎在品味刚才那一吻。

真傻，我竟然会做这种在现实中根本就不可能发生的梦，梦中的我，甚至连身份和模样都变了，而且还有艳女向我献殷勤，这个梦实在是离谱到了极点。

我从干草堆中坐起，伸了一个大大的懒腰。

刚才……睡得真舒服。

这时，一阵刺骨的寒风猛地吹了过来，深深地刺激了我的神经，将我在迷离之极的情绪完全打开了。

我想起来了，我原本打算跟踪那个流浪汉来着！

我竟然在这种时间睡着了，还做了一个莫名其妙的梦！

真糟糕，希望我没错过那家伙回蝗神庙！

我赶快看了一眼手上那个破旧的手表：现在是八点十五分，这正好是流浪汉通常回来的时间。

不会已经错过了吧？我站起身，向门口走去。

就在我左脚刚跨过门槛时，我看到了那个流浪汉的身影。他从小镇的方向走来，嘴中哼着小曲，一副酒足饭饱的满足感。

幸好我没有错过！

我赶快把身子藏在门后面，一只眼睛隔着门梁向他走过来的方向凝视着。

他的步速很慢，似乎在边走边欣赏周围的景色，双手很悠闲地塞进破烂衣服的口袋里。而在一旁窥视的我，却不禁心急如焚。

混蛋家伙！你倒是走快点啊！这样一个破山头，有什么景色好欣赏的啊！而且你在这里住了这么久了，有什么东西是你没见过的？

流浪汉似乎也意识到了这一点，他开始加快脚步，在那个上山必须经过的路口处停顿了一下，随即快步沿着山路向蝗神庙走去。

此时，站在门后的我由于长时间保持着同样的姿势，身体已经僵硬，一股十足的疲劳感贯穿着四肢，我赶快活动了一下脖颈，伸展了一下四肢。

尽管感到疲劳，但我依然按照之前的计划，快步跟了上去。

四

蜿蜒的山路曲曲折折，流浪汉在路中央快步走着，为了不被他发现，我在离他较远的位置慢慢跟随。

嗖嗖的冷风在身边呼啸而过，偶尔传来的一两声猫叫仿佛婴儿的啼哭，让人感觉犹如走在前往地狱的途中，只有树叶的沙沙声略微让人放松心情，给这毛骨悚然的风景增添了一丁点温和。

山路终于到了尽头，歪歪扭扭的蝗神庙就在眼前，看到自己的“家”，流浪汉又加快了脚步，他甩了甩杂乱的长发，将身上的破烂衣服裹了裹，接着便走进了蝗神庙，把满是破洞的门掩上。

我猫着腰，借助树的遮掩，绕到了蝗神庙的墙边。我半蹲着身子，双手抓住窗沿，身子一点一点地抬高，在双眼刚刚越过窗沿的位置，停了下来。

虽然深夜的光线不好，但蝗神庙中的一切景象都尽收眼底，只见流浪汉正背对着我，盘膝而坐，他屁股底下有一个垫子，那个垫子竟然出人意料地簇新。

流浪汉忽然挪了挪屁股，在旁边一个墙角的杂草丛中摸索着，少顷，他竟然在里面掏出一瓶矿泉水。当他拧动矿泉水瓶时，瓶口与瓶身发出了清脆的“咔”声，瓶盖应声而开。这是一瓶崭新的矿泉水。

这家伙……果然不是普通的流浪汉，他一定有什么不可告人的秘密！我紧咬嘴唇，双眼继续凝视着庙中的一切。

喝了两口水后，流浪汉又像变戏法似的从怀中掏出一样东西，起初我没有看清楚是什么，但等他把那东西放到头上来回划动，听着“唰唰”的声音，我才知道：这是一把梳子。

流浪汉竟然在梳头。

接下来，流浪汉又做了一个动作。

他把没有拿梳子的那只手放在头顶，用力抓住了自己杂乱的长发。

他要干什么？

接着，我看到了难以置信的一幕：只见他那只手猛地一用力，竟然将整个头提了起来！

我背脊一阵发凉，在这惊慌的时刻，我的双腿已经忘记了逃跑，整个身子都瘫在了那里，虽然内心感到十分恐怖，但双眼还是一动不动地凝视着流浪汉的位置，似乎它们已经不受我的大脑控制，无法偏离视线。

流浪汉显然没有注意到我的存在，他用手提着自己的头，将梳子放在上面，继续一下一下地梳着。

我感到自己几近崩溃，我咬紧牙关，大脑一遍一遍地给自己下命令：快逃跑！快逃跑！

但是双腿僵硬地纹丝不动。

求求你，快动一动啊！

快逃跑！

我不敢发出声音，但内心深处早已嘶吼得破了嗓。

终于，我的双腿从僵硬中反应过来——我感到自己恢复了对它们的控制，整个僵直的身子也与我的大脑再次建立了联系。

我转过身子，以这辈子最快的速度逃离了蝗神庙。

我沿着路跑下山，中途一刻也不曾停下来，双眼也只敢直视着前方，根本不敢回头，生怕再看见那个流浪汉提着头的恐怖身影。

[明之卷二・被诅咒的家族]

一

与周彬轩谈完事情后，段一起身告辞。

段一恨不得马上离开这个地方。刚才自己一时失态，竟然呕吐到了周彬轩那价值不菲的书桌上，接着，保姆费力打扫了好久才彻底清理干净。段一感到自己脸上火辣辣的，内心无比地尴尬和窘迫，似乎只有迅速逃离这里才能平复这种感觉。

“你现在住的那个地方很不成样子吧，说实话，我们镇也没有什么像样的宾馆。不如就住在我们这儿吧，条件比那边好多了。”周彬轩倒是没怎么在意段一刚才的失态，真诚地建议道。

“不用了，谢谢你的好意。”段一笑道。尽管段一对这个双胞胎之家充满了好奇，但他还是不习惯住在不熟悉的人的家中，更何况这里是个与他的现实生活相差十分遥远的豪门之家。“我还是更习惯住在廉价的招待所，这样子，我的活动也更自由些，你也不想让你的女儿怀疑我的身份吧？”

“这……”周彬轩没料到段一会推辞。

“你就不用担心我了，我先回招待所了，今天我刚来这里，有点累，从明天开始会着手调查叶国立被杀一事。”说罢，段一转过身子，准备打开书房的门。

“啊——”段一忽然又转过头，补充了一句，“我住招待所的花费由我自己承担，不会算在调查费用当中。”

如果不这样说，被对方误以为恶意抬高花销可不好，段一暗暗地想。

“这点小钱，不用客气的。”周彬轩说道，他见段一已经迈开步子了，于是主动走上前，“我送你。”

二

二人回到大厅，看到周隽丽正与一位老太太攀谈着，周隽丽的手中仍然拿着之前那个不知道雕刻着什么的工艺品。

“妈。”周彬轩叫了一声。这时段一才反应过来，原来这个老太太就是周彬轩的母亲叶月佳。

段一偷偷打量着对方：这是一位体型略显富态的老妇，岁月的痕迹在脸上描绘得颇重，一道道皱纹，或并行或纵横，勾勒出了一位年近七旬的老太太形象，高贵面料的衣服裹在身上，给她增添了一种贵族气息，但更显现出她的老态龙钟。

“爸爸，这位哥哥要走了吗？”周隽丽说话了，段一非常喜欢听她的声音，特别是她把自己称作“哥哥”时，心中竟不由得美滋滋的。

“是啊，爸爸要送他出去。”

“爸爸真坏，一直都这么忙，都不陪我。”周隽丽撒娇道，天真的神情让段一感觉她并不像已经成年的女孩。

“你可以去找弟弟们玩啊。”周彬轩随口说了一句。

“爸爸你真是的，你明知道现在正是宝文和宝武上家教的时间，根本就不能从塔里出来。你分明就是想支开女儿，忙你自己的事嘛。”周隽丽嘟着嘴说道，“而且……宝文和宝武总是拿他们的身份来开玩笑……让我分清楚他们两个谁是宝文、谁是宝武，可我总是弄不对。”

段一知道，周隽丽口中的宝文和宝武，正是周彬轩已经过世的哥哥周思贤的两个儿子，虽然周彬轩是周思贤的弟弟，但由于他比周思贤早结婚并生子，所以周隽丽要比周宝文和周宝武大个四五岁。段一感到不可思议的是，竟然连宝文和宝武的姐姐都无法区分他们二人。

“虽然他们是双胞胎，但你们毕竟是一家人，天天相处在一起，总不至于你们自己也分不出来他们吧？”段一提出了疑问，“更何况，你们是著名的‘双胞胎之家’啊，双胞胎对你们来说，应该早就见怪不怪了。”

“宝文和宝武这对双胞胎比较特别。”周彬轩解释道，“他们两个人的性格、习惯都太像了，而且，由于学习压力比较大，他们待在塔楼的时间比较长，跟我们接触并不多，现在只有他们的妈妈——也就是我的嫂子柳文慧——能够区分他们，家里其他人都区分不出他们两人。”

“原来是这样啊……”

“就是说啊！”周隽丽说道，“我跟他们玩的时候，他们总是拿这一点戏耍我，都快气死我了。”但尽管如此，周隽丽娇嗔的表情清楚地表明，她很喜欢自己的两个小堂弟。

段一忽然想到，在推理小说中，双胞胎的身份经常被用来制造嫌疑人不在场证明，这是很常见的故事。如果周宝文和周宝武身上拥有连家里人都无法分辨的特质，那他们利用彼此身份的替换来作案，就再简单不过了。但是，段一又马上打消了自己的这一想法，他想到，在叶国立被杀的当晚，周家所有人都是有不在场证明的，换句话说，周宝文和周宝武每时每刻都是同时出现的，在这种情况下，他们不可能利用自己双胞胎的身份制造不在场证明。

而且，段一无论如何也无法相信，一对只有十五岁的孩子可能会是杀人凶手。

“行啦，你也老大不小的了，自己玩就可以啦。”从周彬轩的口气来判断，他似乎非常想摆脱女儿的胡搅蛮缠。

“彬轩，这位就是……”叶月佳看了一眼段一，对周彬轩使了一个眼色。

“是的，妈，事情很快就能解决，你就放心吧。”周彬轩说完，就同段一走出了别墅。

段一一边走着，一边琢磨着刚才那母子俩的对话，由此来判断，周彬轩应该事先把想请私家侦探的事对叶月佳说过。

“爸。”二人的脚刚跨出别墅，大厅的门还没关闭时，周隽丽的声音再次响起来，这次她的声调听起来严肃多了。

“这位哥哥，是为姐姐的事来的吗？”周隽丽问。段一回过头去，见到她正摆出一副前所未有的认真表情。

周隽丽话音刚落，周彬轩的脚步就停下了，段一交替地看着周彬轩与周隽丽，而叶月佳站在旁边，面露窘迫。

“不是。”长时间的寂静之后，周彬轩忽然转过身，简短地回答道。紧接着，他又补充了三个字，“是舅舅。”说完便向段一使了一个眼色，示意段一早点离开。

“我绝对不会相信姐姐是自杀的！”当周彬轩与段一再度迈开步子向前走时，身后的女孩在大声呼喊着。

三

周紫英是自杀的，这正是周彬轩不愿提及此事的原因。

段一思忖着要不要说点什么，最终还是决定保持沉默。但尴尬沉寂的感觉却不受此控制，整个大厅里飘浮着一股怪怪的气氛。

周彬轩没有理会女儿的话，他步子忽然加快，走出了大厅，段一见状，也只能一语不发地跟了上去。两人一前一后走到了别墅外面的花园，段一知趣地把通往大厅的门慢慢关上。

“女儿不懂礼貌，让你见笑了，段先生。”周彬轩嗫嚅道。

“呃……”段一正犯愁该如何得体地应答，忽然被另一番景象吸引了注意力，前方的花园中央站着两位几乎一模一样的老人。

两位老人不仅身材、样貌一样，甚至连衣着都是相同的，黑色西裤、白色衬衣，外套一件灰色棉衫，两人的鼻梁上也都架着一副眼镜，手上也都各有一把拐杖。唯一不同的是，两位老人秃顶的程度不同，一位俨然已是“地中海”式发型，另一位虽然头发稀疏，但分布还比较均匀。

“你是谁啊？”看着段一慢慢走近，左边的老人问道，他嗓门洪亮，吐字清楚，根本不像六十多岁的人发出的声音。

“对啊，是谁啊？”右边的老人也追加了一句，声音简直如出一辙。

“啊，我是……”话到嘴边，段一迟疑了，在未经周彬轩确认之前，段一不知道自己的身份是否适合告诉这两位老人。

“报上名来！”左边的老人又发话了，他抬起拐杖，轻轻地捅了一下段一的肚子。

“对啊，报上名来！”右边的老人仿佛在玩模仿秀，重复了一下同样的动作，段一的肚子又遭受了一次袭击。

“啊，叔叔们，他是我的客人。”段一正犯难时，周彬轩给段一解了围。他轻轻拍了一下段一肩膀，把嘴巴凑到段一耳边，轻声说道，“这两位就是我之前提到过的爷爷的弟弟的儿子，周培鑫和周培增。”

“哼，狐朋狗友！”左边的老人——不知是周培鑫还是周培增——又说话了，他似乎很生气，把拐杖用力往地上敲了一下。

“呃……狗友！”右边的老人又想“照方抓药”，不过这次他似乎没听清兄弟说的话，只得支支吾吾地模仿类似的声音，说完后也像模像样地把拐杖往地上敲了一下。

段一差点笑出来，他感觉右边老人说的更像是“地沟油”。

“他们终身不娶，两人一直相互照应着生活了这么多年，所以行为多多少少有点怪怪的。”周彬轩再次对段一耳语道。

“思贤啊，你也老大不小的了，别整天把各种奇怪的朋友带到家里来，万一对后代产生负面的影响，那多不好？”左边的老人开始连续不断地敲着拐杖。

“对啊……影响多不好！”仿佛回音一般。

“叔叔们，我不是思贤，我是彬轩啊，哥哥已经在很多年前就去世了。”周彬轩解释道，“跟你们说了很多遍了，可你们总是忘记……”

“唉……臭小子不听劝还顶嘴，竟然连长辈的教训都不放在心上。”两个老人似乎根本就没理解周彬轩说的话，他们发了同样一句牢骚，又一同摇起头来，接着又都叹了一口气，看起来像极了默剧的演员。

“你可别忘了，我们是一个遭受诅咒的家族！”

“对啊，诅咒的家族！”

“我们就是因为害怕诅咒，才选择终身不娶！”

“对，终身不娶就是因为害怕诅咒！”

“在这样一个家族里，一举一动都要极端小心！”

“极端小心！”

“头上三尺有神灵！”

“有……神灵！”

“交友要慎重！”

“要慎重！”

段一就这样静静地看着两位老人一唱一和地说着话，“诅咒”一词从他们仿佛喜剧表演的方式中吐出来，却有一股异样的恐怖感。

诅咒……

难道，真的如网上传言一样，周家是一个受到诅咒的家族？

“算啦算啦，咱们老了，再说他们，他们也不听了。”左边的老人拍拍右边老人的肩。

“对啊对啊，咱们老了，不管他们，我们走吧。”右边的老人也感叹道，说罢，两人一同转身，拄着拐杖，一瘸一拐地并排走开了。

看着两人的背影，段一愣住了。从周彬轩书房到庭院这段促狭的路上，接连遇到太多的事情，段一感觉缓不过劲来。

少顷，段一转头与周彬轩对望了一下，周彬轩没有说话。

但他从段一犀利的眼神中感到了质问：“你打算继续以沉默来回应吗？”

周彬轩嘴巴张了张，最终却还是没说出什么。

“周先生，您不觉得应该解释点什么吗？”长久的沉默后，段一终于决定开口，“尽管我是受您委托来办案的，本不应该问这么多，但如果您不想透漏的事恰好是破案的关键线索呢？”

周彬轩怔怔地看着段一，还是没有说话。

“我想，只有我们彼此诚信对待，我们的契约才更加有效益，不是吗？”段一继续说道，此时的他也弄不清楚，自己到底是单纯地为了破案，还是因为对周家的好奇，所以想要刺探周家的隐私。

“到底周家的‘诅咒’是什么?！”段一不知不觉间提高了嗓门。

周彬轩叹了一口气，紧握成半拳状的双手松懈开来。段一注意到了这一微妙的举动，他明白，周彬轩妥协了。

“那我就告诉你吧……周家延绵六七代，永远都走不出的‘诅咒’……”周彬轩眉头紧锁，环视了周围一圈，柔声说道，腔调里还带着微微的颤音。

[暗之卷二 · 暗夜屠夫]

一

我在哪？

我环视周围的环境：高大的树木一个挨一个地并列排在我两旁，黑乎乎的，光线根本透不进来，我的视线也无法向外延伸。我望向天空：天际被层层的树枝和树叶遮掩，也完全进不来光，仿佛将我置身于无法挣脱的牢笼。不断钻入耳中的只有乌鸦的沙哑的叫声，如同地狱深处的小鬼在招魂。

这是哪里？是小镇的山头吗？

不对……山上根本没有这么密布的森林，我也从未听说过在山上能听到乌鸦的叫声。

那……这是哪里？不是在小镇里吗？但自我有记忆开始，我一直在小镇以拾荒为业，从不曾离开。

乌鸦那沙哑的叫声越来越清楚，听起来仿佛在向我靠近，等我反应过来时，前方黑暗的树林中已经飞出一大群乌鸦，他们径直向我冲来。我闭上眼睛，禁不住惨叫一声，声音一直延续到所有乌鸦的羽毛拍打过我的面庞。待再次睁开眼睛时，我还看到几片黑色的羽毛漫漫飘到地上。

我蹲下身子，看着那漆黑色的羽毛，一动不动。少顷，我举起双手，紧紧地扣住头部，就像是在防止乌鸦群对我的第二次攻击，实际上，我是在尽力让自己冷静下来，以尽可能地回忆起自己之前的种种经历。

我到底是怎么来到这里的？

我记得我好像……

对了……

我是在跟踪。

我跟踪那个流浪汉，一直到了山头，并躲在蝗神庙外偷窥他的每一举动……

后来……又发生过什么？

忘记了……忘记了……

我记得我好像看到……

看到……

我看到他屁股底下有个簇新的垫子，看到他从杂草堆中掏出一瓶矿泉水，还看到他拿出梳子给自己梳头……这一切的一切都异常的诡异，我更加坚信，他绝对不是一个流浪汉。

好像……还看到了什么……

梳子、长发……

对了……对了……

我、我看到他……我看到他把自己的头摘了下来！

想到这里，我半蹲的身子不由得瘫倒在地，内心感到了透底的冰凉，我抱住身子，蜷缩在一起，牙齿紧紧地咬着自己的下嘴唇。

恐惧……恐惧……

我周围的森林里，乌鸦还在肆无忌惮地嘶叫，它每叫一声，我的整个身体都随着颤抖一下。

一阵冷风吹过，无数的树叶飘落下来，我感到有几片搭在了我的后背上，但我始终没勇气将他们拿下来，我的双手紧抱着自己的身体，在漆黑的森林里颤抖。

冷静……冷静……

在看到他把自己的头拿下来之后，我又看到了什么？

我现在又为什么会出现在这片森林里？

我不记得小镇周围有这样大的森林啊。

为什么……为什么我没有这段记忆……我到底是怎么跑到这里来的？

我感到脑袋发胀，头部剧烈的疼痛，额头青筋绷紧，脑中一阵阵撕裂般的痛苦。

正在这时，我听到身后传来脚步声，伴随着脚步声的，还有脚底踩碎枯黄的落叶的声音。

脚步声越来越响，有人正向我靠近。

虽然内心充满了恐惧，但我依然壮起胆子转动浑身僵硬的身体，慢慢地将身子直立起来，双目迟疑地向前方看去。

是……是那个家伙……

那个流浪汉正向我走来！

他的脖子上面空空如也，没有头部！但他手中却提着一个狞笑着的头！

二

我浑身打了一个激灵，从干草堆中坐起。

是梦。

又是梦，我最近做过的奇奇怪怪的梦实在太多了。

我站起身，拍了拍衣服，将粘在身上的干草拂去，这时我才发现，因为噩梦，我全身都被汗湿透了。

我看了看窗外的太阳，已经艳阳高照。

我叹了口气，走到毡房的墙角，将全身黏糊糊的衣服脱下，接着揭开地上的一层干草，从里面拿出一套衣服——我唯一的一套换洗的衣服，尽管它与身上的这件一样，都已经被磨得看不出本色，但它是干净的。

之后我把被汗液粘在身上的干草捏起来，扔在了地上，随即麻利地穿上了那套衣服。

走出门外，我来到离破毡房大约十几米远的一条小溪旁，蹲下身子，将小溪中清澈的水捧起，拂在自己的脸上。

十一月的天已经感到透骨的凉，更何况我把凉水捧到脸上，但当溪水接触我的脸颊，并沿着鼻梁和双腮划到脖子里时，我竟然丝毫没有因寒冷而打怵，只感到了一股惬意。

噩梦的阴影直至此刻才完全挥发殆尽，我又捧起一摊水，送入嘴中，干涩的喉咙顿时传来一股清爽。

我低着头，怔怔地看着水面，翠绿色的水中一个无精打采的、蓬头垢面的人影正与我对视着。看到这一幕，我禁不住伸出手抚摸着脸部，水中的人也重复了同样的动作。

良久，我在地上坐下，脱掉脚上那双臭气熏天的鞋，将黑漆漆的双脚伸入水中。

冰冷的溪水刺激着我的脚部神经，但我依然强迫自己把脚放在水里，使我的头脑冷静下来。

我需要把截止到目前所有发生的事件总结一下。

昨天晚上的奇怪经历，我至今历历在目。身处在那种让人不寒而栗的环境，又目睹了极其恐怖的景象，难怪我会在下山后做噩梦。

但是……

恐怖的黑夜已经过去，现在再回想一下昨晚的事，我觉得可能只是自己吓自己。

我本来就害怕山头的蝗神庙，再加上自己偷偷摸摸地去窥视别人的秘密，必然有点做贼心虚，所以也许昨晚自己看到的只是幻觉。

可是，幻觉会那么真实吗？

不不不……并不全是幻觉，起初看到的东西应该都是真的，比如那个流浪汉屁股底下的新垫子，再比如矿泉水和那把梳子。

但是之后的事情就……

想到这里，我用手扇了自己一巴掌：矿泉水和梳子的事，因为不害怕，就说是真的；把头拿下来的事，因为太过恐怖，就强调说是幻觉，这不是自己骗自己吗？

可是……这个世界上真的会发生那种事吗？难不成那个流浪汉真是个鬼不成？

不不不……与其让我承认这些邪门歪道的东西，还不如承认自己胆小害怕。

也许……

也许当时只是光线昏暗，也许我在的位置使我的视线朦朦胧胧的，所以才会看错。

所以，真实情况应该是：流浪汉戴的是假发。

正如我之前推断的，流浪汉肯定有某个不可告人的身份，他故意伪装成流浪汉的样子，只为掩人耳目，身上的臭味也是为了避免别人靠近他刻意弄的，而那遮盖住自己大半边脸的杂乱的长发，也肯定是用来伪装的假发。

昨晚我看到他用梳子梳自己的头发，但梳了没几下就把手放在自己头上，把整个头都拿了下来，然后继续梳头。真实的情况应该是，他梳了几下头之后，感觉假发挂在头上不太方便，于是把假发拿下来梳。当时我没看清楚，再加上做贼心虚，所以才导致自己看错。

没错，就是这样。

没有比这个更令人信服的解答了。

想明白这一切后，我畅快地伸了个懒腰，忽然，我冷不丁地打了个喷嚏，一股寒意传遍全身。

我低头看看双脚，这才发现：我一直沉浸在思考中，双脚已经泡在冷水里二十多分钟了。

三

“阿嚏！”

我打了一个喷嚏，接着便感到黏黄的鼻涕渐渐滴到唇边，我拔起地上一把已经枯黄的草，用作卫生纸在人中部分擦拭着。

擦拭之后，鼻涕却再一次不受控制地流出来，我只得再次采集枯草，反复了三四回，我的上嘴唇已经被擦得红肿了，鼻涕才不再流出来。

我是不是感冒了？

尽管双脚已经从刚才冰冷的小溪中离开多时，但我仍感到小腿部位冷嗖嗖的，中午当头的太阳直冲着我洒下日光，我丝毫没感到温暖。我总觉得今天就连太阳的半径都缩短了似的，供热不足，好冷。

也许这正是深秋已至的象征吧。

如今我的心情也变得和这节气一样，跌至谷底。

流浪汉的事，我至今十分在意。我也不知道自己是何时养成了这种近乎偏执的性情：认定了要弄清一件事情，一定要打破砂锅问到底。我之前就有好几次因为好奇，想要听清楚旁边人的对话，遭到了殴打。

其实昨晚发生的严重碰壁应该能让我知难而退了，甚至还让我几乎吓破了胆，但我仍然没有想要退缩。

像这种恐怖片中的几乎最俗套的情节，我以前从来不会害怕，但当我亲身体验后，才真正感到了恐惧。虽然之后经过我的分析，那晚发生的事应该只是我看到的幻象，但当时那种不寒而栗，至今都让人心悸。

想到这里，我感到自己的身体又禁不住颤抖了一下。

我现在要做的，是再次跟踪那个流浪汉，一定要把他的底细摸清楚。

这次我决定不再等他回蝗神庙的时候再跟踪他，我要跟着他下山，看他究竟在哪里找到食物。而这正是我最好奇的地方。

我知道，这样做被发现的可能会更高，如果流浪汉有一些不可告人的事，那我甚至有可能惹上杀身之祸。但是，“不入虎穴焉得虎子”嘛！如果还是像上次一样，跟踪他去蝗神庙，对解开他的真实身份毫无裨益。

那家伙整日吊儿郎当，根本不像流浪汉。但他每天却能轻易地填饱肚子，肯定有什么秘密！我猜想，也许小镇里的某个家庭与他有某种联系，每天固定地为他提供三餐。我一定要找到是哪家，揭穿他们不可告人之事。

想到这里，我竟然感到内心热血沸腾，好奇心无法再控制。

今晚行动！

那家伙每天固定地在晚上七点左右下山，那么，我就像昨天一样，在毡房里盯着路口，一旦看见他下山，立马跟上去。

我一定不要像昨晚那样惊慌失措了，我要稳定自己的心神。

想明白后，我大大地伸了一个懒腰。

制定好“作战计划”后，我才发现身体十分疲劳，这也难怪，昨晚为了跟踪流浪汉没睡好，入睡后还做了噩梦，在今晚采取行动前，真应该休息一下。

我看了看手表，现在是中午一点，恰好是午睡时间。

我站起身，将身上沾着的泥土和枯草拍掉，径直向破毡房走去。一进毡房，看到那“舒适”的干草堆，我的困意就更明显了。

我一屁股坐在上面，接着倒头就睡。心里只有一个想法：多多休息，为晚上养精蓄锐。

四

良久的沉睡后，我睁开眼。

我坐起身，屁股下的干草堆伴随着我的动作发出“嘎吱嘎吱”的声响，我晃动了几下脑袋，让自己尽快清醒。看着破窗外已经变得一片漆黑的天空，我竟然愣神了。

愣了五六分钟，我猛地反应过来，我今晚打算继续跟踪流浪汉来着！

我看了一眼放在干草堆旁边的手表，上面清楚地显示着：六点四十。

该死！我竟然又差点睡过头！要再稍微晚一点醒来，就要错过流浪汉下山的时间了！

我感到左边的太阳穴一阵阵向外鼓动着，只好把左手的大拇指放在上面按摩着。最近总因为做梦耽误事情，也许我实在是太累了，再加上昨晚“见鬼”的幻觉体验，这直接导致我身心俱疲，以至于刚才连着睡了五个多小时。

这次我可不想再失败了，我赶紧盯着毡房外连接山上山下的路口，就这么静静等待流浪汉的出现。

这个小镇人烟稀少，夜晚格外寂静，再加上现在已是十一月，下午一过六点，天空便已经黑透。又黑又静的环境让我感到紧张，我不由得屏住呼吸，在时间都几乎停止流动的黑暗里，直愣愣地看着外面的路口。

静，出乎意料的静，让人窒息般的静，千疮百孔的破毡房里，只能偶尔听见屁股摩擦地上的干草的声音。

十分钟过去了，依然没有动静。

又过了五分钟。

渐渐地，我看到一个依稀的黑影出现在我视线的边框，看身材和步态，显而易见地确定就是那个流浪汉。他的动作慢条斯理，脚步一高一矮，像是个跛子，但我知道，这不是他的脚有问题，而是这附近的山路不平整的缘故。

我看看手表，六点五十七，这与他平时下山的时间几乎一样。

流浪汉的身影越来越小，他径直向镇上的方向走去，看着他即将消失在我的视线范围内，我悄悄站起身，走出了破毡房，脚步轻快地跟上前去。

五

我不敢跟太紧，生怕流浪汉发现，每次都是在他快消失在视线里的时候，我才紧跑两步。

今天是个大晴天，即使现在是深夜，视线也格外清楚。天际挂着一弯明月，伴随着我的走动，它时而隐于树梢后面，时而显现出笑脸。只可惜天上没几颗星星，要不这也算得上是一个惬意的晚上。

山头离镇上很近，我跟着流浪汉走了不到二十分钟就到了，这一路，流浪汉没有回过一次头，也许他觉得山头上根本不可能有人跟踪自己吧。

想到这里，我忽然觉得，对流浪汉而言，我可能根本构不成什么威胁，以至于没有存在感，所以他才不会提防。心中顿时涌起莫名之火，感觉自己被忽视了。

夜晚的镇上很无聊，大家已经忙完一天的工作，纷纷回到家中，狭窄的小巷中偶尔能看到几个凑在一起闲聊的老太太，除此几乎别无他人。如果是在夏天，炎热的天气会催人出来避暑，那时的夜晚会热闹很多，巷边还能偶尔看到几个光着膀子的男人围在一起打牌、下棋、打麻将，他们嘴中不时吐出来的嬉笑般的脏话，也给炎热的夏日增添了一丝爽快。

只可惜，现在是深秋。我和流浪汉一前一后地走在几乎空无一人的小巷中，只在小巷尽头出现三个闲聊的老太。当流浪汉靠近她们五六米时，她们就不得不因流浪汉的“毒气攻击”退避三舍。

流浪汉丝毫不在意别人的反应，他继续自顾自地走着，由于旁边的人很少，我显得十分扎眼，为了不让计划再一次失败，我只好拉长与他的距离，防止他察觉。

流浪汉有时回头向后张望，似乎是在警惕镇上其他人跟踪，每到此时，我立刻委身于周围的遮蔽物后面，比如半人高的大石，再比如小巷一侧的土坯墙。谢天谢地，我动作很快，隐藏得很好，流浪汉走了这么久也没有发现我。

回头看了几次后，流浪汉似乎放心了，他加快脚步向前走去，再也没有回头。我便大胆起来，拉近了与他之间的距离。

流浪汉穿过小镇中央最宽的那条道，向西走去。

我渐渐生出疑问：镇上大部分居民都住在东边，西边有一部分是当地几个小作坊的车间，还有一些庄稼地，只在稍往南的位置有一处人家。

据说那是镇上最有势力的周家的地盘，他们挑选了一个环境不错的地方，在那里盖起了宽阔的庭院和双层洋房，好像还有一座塔形建筑物，成为周家的标志。

难不成……这个流浪汉与周家有某种联系？

流浪汉的行动回答了我的疑问，他果然向西南方向走去。在我的视线中，渐渐出现了一座洋气十足的双层别墅，别墅旁还有一栋欧式的塔楼，塔顶的大钟格外招摇，令整个建筑显得格调更高。

这是我第一次真正看到这个号称“镇上首富”的周家的宅邸，豪华的建筑彰显着尊贵，与镇上其他人家歪七扭八的房子完全不相称。但是，我丝毫没有心情欣赏这美轮美奂的建筑物，反而感到心跳加快，像是有了不祥的预感。

看到眼前的这个建筑物，我的大脑总是往消极的地方联想：也许是因为它太富丽堂皇了，再加上周围几乎没有其他住宅，而镇上的多数建筑又与它形成太过显眼的对比，这都让我对这个别墅产生不好的印象。就像看到旧社会盘剥百姓钱财的大资本家的宅邸一样。

同时，我觉得这个周家的别墅缺乏一种生机。虽然听说里面居住着十几位周家的成员，但此时此刻，我却感觉它好像鬼屋一般，散发出一股令人战栗的邪气。

我不知道这种忽然产生的心绪是怎么回事，双腿已经不听使唤，不敢再靠近，我只好躲在附近一颗足够粗的树后，盯着流浪汉。

流浪汉似乎也被这个别墅散发出来的诡异气氛影响，他明显减慢了步速，脖子也缩了起来，腰弓着，蹑手蹑脚地往前走着。

他缓缓地绕到了宅院的后面，每走一步，他都会往别墅的位置看一眼，似乎生怕被周家的人看到。就这样缓慢地走了四五分钟，他终于来到了宅院外面围着的栅栏旁，他身子靠着栅栏，像螃蟹一样横着移动。

等走到一个位置时，流浪汉停了下来，他的双手放在栅栏上，似乎在摸索着什么。

由于距离很远，再加上现在是深夜，我根本看不清流浪汉在做什么，只知道他似乎在周家宅院的外围栅栏上寻找着什么。

过了一会儿，流浪汉似乎扭动了栅栏上的一个东西，紧接着，在栅栏的下围部分形成了一道小门，流浪汉推开小门，猫着腰钻了进去，在我的视线里消失了。

好奇怪。

这是怎么回事？

从表面来看，周家栅栏上似乎是有机关的，只要找到那个机关，就能打开通往宅院的一道隐藏的门。

但是，周家人知道这个机关的存在吗？我觉得周家人肯定不知道，因为不会有人在后院的位置设计这种东西，一旦被别人发现，那不成了偷窃财物的黄金通道？

可是，如果连周家的人都不知道，流浪汉又是怎么发现这个机关的？他每晚都到这里来吗？他偷偷潜进周家又有什么目的？难道流浪汉整日衣食无忧，就是因为他发现了这个暗道，来偷窃周家的财物？

我为这个想法感到愚蠢，差点在黑夜中笑出声来。

如果真是这样，那这家人也太迟钝了，连续这么多天都有财物被偷，他们怎么可能没有察觉？

这么说来，唯一的可能是，流浪汉是在周家的默许之下进入。换句话说，他必然与周家有某些不可告人的秘密。

六

我继续将身体隐藏在黑暗中的一棵大树后面，静静地等待流浪汉再次出现。大约十五分钟后，一个黑影从周家的后院里忽隐忽现，少顷，栅栏的机关再次被扭动，一个人从里面猫着腰走出来。

是他，就是那个流浪汉。我非常容易地确定了黑影的身份。

流浪汉出来后，轻轻地关上了暗门，然后向四周环视了一圈。为防止被发现，我赶忙把身子完全藏于树后。两三秒钟后，我再次听到了流浪汉的脚步声，这才探出头来。

只见流浪汉正沿着刚才来时的路，向小镇东头走去，这一次，他的步速比刚才快多了，腰也直挺着，似乎与来时完全不一样，根本不怕被别人看到。

其实，我现在已经被吓得不得了了。尽管并没有看到像昨晚那么诡异的情景，但是，周家别墅的奇特气氛、流浪汉难以理解的行动，再加上这杳无人迹的黑夜，我的心一直悬到嗓子眼。但是，我仍然决定要继续跟踪，一直到查明白所有事。

与来时的双手空空不同，流浪汉此时右手提着一个编织袋，袋子里鼓鼓的，不知道放的什么东西。这个东西应该是从周家拿出来的，是食物吗？可是往常他都是在外面把食物吃完，空着手回蝗神庙，为什么今天比较特别呢？还是说他一直习惯一边走一边吃？不怕影响肠胃？

但是，出乎意料的是，流浪汉根本不打算回蝗神庙，他向与蝗神庙相反的方向走去。

尽管“丈二和尚摸不着头脑”，但我一定要看看这家伙到底去哪里。我就这样跟着流浪汉，一前一后地在几乎空无一人的巷道里穿梭。

流浪汉接连穿过了两个居住区，似乎他要找的人根本不在附近，但他的目标很明确，从来没有向四周张望过，只是自顾自地往前走。这对我来说很有利，如果他不时地停下脚步，或者向四周观察，我被发现的可能性就会变大。

流浪汉在拐过一个巷道，径直走到路的尽头后，脚步忽然停了下来。在他的面前，有一幢不算豪华但整洁结实的二层民居楼。虽然比不上周家宽大气派的别墅，但与镇上其他普通民居相比，这个建筑物也不是一般的豪华了。

而且，与周家相比，这个民居让人觉得舒服一些，不会让我产生鬼屋的联想。

这附近没有像大树那样可以完全遮挡我身躯的地方，我只好蹲在附近一个杂草异常繁茂的草丛里，等待着流浪汉的下一步动作。

流浪汉似乎在酝酿着什么，他忽然一动不动了，静静地呆立了五分钟。

我一直保持着蹲着的姿势，双脚都发麻了。为了转移对足部的注意力，我只得刻意地向周围张望着。

我忽然觉得，这地方好熟悉啊，好像曾经来过这里。

作为拾荒者，我去过小镇各个地方，然而，我只是把关注的目标放在脚下的垃圾上而已，很少去观望周围的环境。因此，尽管每个地方都去过，但是真正能让我留下印象的并不多。眼前的这个建筑物，却让我产生一种强烈的似曾相识感，而且内心竟然再次散发出了一种不祥的预感，就像刚才在周家别墅的门口时一样。

啊……我想起来了，这是镇长的家！

我以前曾看到过一个走八字步的人在这里进出，当时我还听到周围有人叫他“镇长”。由于他们家比较富足，所以这附近的垃圾箱里经常会捡到比较值钱的垃圾，有一段时间，我经常到这里来。但是这里离我睡觉的破毡房实在太远，所以后来就不经常来了。

怪不得房子会盖这么漂亮啊，虽然比不上周家的别墅，但已经很有模有样了。作为镇长，简直就是一个镇的“土皇帝”嘛！肯定平时捞了不少好处！

经过一番思绪后，我才再次把注意力转移到流浪汉的行动上来，我很好奇，除了周家外，他还与镇长有着什么不可告人的关系吗？我甚至想象着眼前的流浪汉会突然走上前去，猛地敲打镇长家的门。

但是，他并没有这么做，仍旧在原地不动。少顷，他开始活动了，但也只是懒散地坐在旁边的一个石台上，双手紧紧握着那个不知包着什么东西的编织袋。

时间就这样一分一秒地过去，他仿佛在刻意消磨时间，中途还吹起了口哨。

我快失去耐心了。

长久地保持着蹲在草丛的姿势，一动不动，那感觉简直让人崩溃。双腿的酸麻已经难以承受了，在整个过程中，我不止一次地产生了放弃的想法。

我在心中不断地安慰自己：你马上就能揭破流浪汉的神秘面纱了，坚持下去！

坚持。

我看了一眼手表，已经接近半个小时了。双脚几乎没有了知觉，但那个流浪汉依然一动不动地坐着。

在我的耐心接近崩溃时，流浪汉忽然站了起来，向旁边的镇长家走去，我尝试站起身跟上去，但由于长时间蹲着，我的双腿已经暂时失去了行动的能力。

我只得慢慢地坐在了草丛里，双眼仍定格在流浪汉身上，但是因为距离被拉远，我的视线有些模糊。

流浪汉敲了敲门。

房子里随即传来了回应，似乎是在问“谁啊”。

流浪汉压低了声音说：“是我。”嗓音很沙哑，但也有可能是故意装出来的。

“是我”这种暧昧的回答是很有“意思”的，它暗示了敲门的人不是陌生人，即使听者没有辨认出是谁的声音，也很容易条件反射般地去开门。

果不其然，流浪汉话音刚落不久，门就打开了，镇长出现在门口，他看起来顶多也就只有三十五岁左右，身上披着一件夹克，像极了电视里的乡镇企业家。

“你谁啊？”我远远地看到镇长把身子上的夹克往胳膊的位置拽了拽，吐出了三个字。虽然看不清镇长的表情，但脑中能朦胧地闪现出他一脸疑惑的样子。

流浪汉没有说话，只是颠了颠手中的编织袋。

就在我再次思忖流浪汉袋中究竟装着什么的时候，忽然发生了令我难以置信的一幕，只见流浪汉猛地挥起手中的编织袋，向镇长的头部砸去！

那一刻，我差点惊呼出声，我赶忙用双手捂住嘴，两眼依然注视着前方。

那里已是一片血红。

镇长的头破了，血一点点地渗出来，慢慢地滴到地上，他嘴中发出喃喃的呻吟声。

流浪汉再次挥动编织袋，第二次击中了镇长的头，寂静的夜晚传来一声闷响。这一次，镇长整个人的身子都软了，身体倒在地上，被泥土沾染的右手有节奏地一下下抽动着。

但是，袭击并没有停止，流浪汉蹲下身子，继续举起编织袋重复着同样的动作，闷响一下又一下，每一下都准确无误地击打在了镇长的头上，在这样寂静的深夜里，听起来就像是工地里的机器在赶工。

镇长的双腿本来保持着弯折的紧张姿势，但随着流浪汉的袭击，双腿越来越软瘫，最后整个平躺在地上，镇长的身体呈现出大字形。

即使在黑夜里，我也看得出来，流浪汉手里的编织袋已经被血完全浸红了。

而地上也早已被血染红了一大片，镇长的头部下面甚至看不出地面的土色。

我全身剧烈地抖动着，全身的每一个毛孔都在收缩，我很害怕，想立刻站起身逃走……

可是我的双腿依然酸麻，我根本没有力气站起来。

我只能继续躲在杂草丛后面，看着流浪汉挥舞着用编织袋包裹着的凶器，一下又一下地击打着瘫倒在地的镇长，而且流浪汉似乎根本没有停止的打算。

[间章·百年前·宿命]

周家的“诅咒”始于周家仓那一代，从辈分上说，周家仓比周洪生和周岳生大四辈，是两位老人的高祖父。

关于周家仓，熟悉清史稿的人可能会略有耳闻，周家仓有一个双胞胎弟弟，名字叫作周家实，两位是清末民初有名的实业家，是当时赫赫有名的社会名流。从这一点来看，周家后代善于经商的特长也许是有基因的影响的。

在他们的老父亲过世之前，周家仓与周家实两兄弟从来没有把自己的双胞胎身份视作一种诅咒，诙谐的他们甚至还经常玩互换身份的游戏，拿周围的朋友开玩笑，等二人成为有名的实业家后，这些故事更是一时间传作这对兄弟的名人轶事，成为市井小民茶余饭后的谈资。

直至周老爷子过世的前一天，老父亲把两兄弟叫到床前，才道出了一件往事。

原来，二十年前，在周氏兄弟的母亲临盆的时候，周老爷子曾连续三晚做了同样的一个梦。梦中，有一位身形朦胧、分不清男女的人影叮嘱周老爷子说：“自他这一代开始，周家的媳妇将只能孕育一次后代，且必然生出双胞胎。如果此后发生违此规律的事，如周家的媳妇连续生育两次，或没有生出双胞胎，或者一次也未生育，都将遭受灭顶之灾。”

周老爷子是个天生长有很明显的反骨的人，其性格也如同外貌，毫不拘泥于封建礼教与怪力乱神之说。所以，当周老爷子第一次梦到这件事，他毫不在意，甚至把这当作笑话与他的夫人分享。但是，当他第二次、第三次梦到同样的事后，周老爷子意识到了事情的不对劲。更让他感到不寒而栗的是，在他第三晚做了同样的梦后，隔天上午，夫人终于分娩了——生出来的孩子便是周家仓、周家实这对双胞胎兄弟。

对宿命之事完全嗤之以鼻的周老爷子直至这时也不屈服，他打算亲手打破这种只能生出双胞胎的说法。因此，在周夫人生出周氏兄弟后不久，他千方百计要让夫人再次怀孕，但五六年过去了，夫人的肚子没有任何的征兆。在此情况下，周老爷子又想到了纳妾，然而，他娶回家的二姨太也始终没有生育。

直至重病在床，周老爷子自知余生有限，才终于决定将这一陈年往事告诉自己的两个儿子。至于是否要听信这一诅咒，周老爷子没有明说，他似乎是想让两个儿子自行决定。彼时，周氏兄弟都年近二十，但因为忙于经商而迟迟未婚，周老爷子临终前讲述的这个故事，无疑给他们原本平静的心里增加了一番涟漪。

但是，不管信或不信，都不能因为这一诅咒而放弃成婚，更何况当时封建的人们都把传宗接代视为第一要务。在周老爷子去世后不久，周家实出于扩大实业的目的与一官僚的千金联姻，一年后，周家实的夫人怀孕了。

在怀胎十月之际，周氏兄弟两人都对“诅咒”一事心照不宣，但却十分担忧。不久，周家实的孩子呱呱落地——不是双胞胎，是一个女孩。

对于这样的结果，周氏兄弟不知是喜是忧：喜的是，这也许确实击倒了周家只能生得出双胞胎的谬论；忧的是，若是如诅咒所言，生不出双胞胎，那周家必遭灭顶之灾。

半年后，灾难降临，一次周家实偕妻子、女儿前去参加某个商人集会，与此同时，当地的一伙饥民发动了一场暴动，暴动席卷到了集会，常年积蓄着仇富心理的这伙饥民袭击了会上大部分富豪，周家实和妻子、女儿全部遇袭身亡，无一幸免。

周家仓被这突然的消息打击得卧床不起，一方面对弟弟的去世感到痛心不已，另一方面也被诅咒的恐怖所威慑。彼时的周家仓刚与当地一位地主家的女儿定了亲，原本期盼着美满的婚姻生活的周家仓开始惧怕未来。

然而，周家仓只能硬着头皮成亲，作为周家唯一继承人的他负有传宗接代的艰巨使命。婚后第二年，妻子怀孕了。心中充满惊恐的周家仓在那段时间几乎天天烧香拜佛，祈求他的妻子能生下一对双胞胎，最终，神明没有令他失望——一对宝贝儿子呱呱落地。

周家仓长舒一口气，一颗悬着的心终于放下了，他怀抱着两个儿子，眼泪夺眶而出。他知道，从此之后，双胞胎的诅咒将永远成为周家的阴霾。

为了不再生出第二胎，避免打破诅咒，周家仓便与夫人分居了，这是主动防止“破戒”的做法。他时刻谨记着父亲临终前的忠告，凡是不符合“周家媳妇只能孕育一次，且只能生出双胞胎”的做法，都有可能带来灾难。

周家仓为两个儿子取名为周胜峰和周胜禄，自小将他们视作掌上明珠。不料，由于政局动荡、连年战乱，在两个儿子七岁时，周家仓全家不得不暂时迁徙。而就在路途中，小儿子周胜禄因为遭受外伤、无法及时化脓，而感染了破伤风，最后死掉了。

周胜禄的死让周家仓悲伤到了极点，但是，当时正在举家迁移的路途中，他又不得不把家庭的事看作首位，只得草草地安葬了儿子。从此之后，他更加疼爱唯一的儿子周胜峰了。

六七年后，政局略微平缓，周家仓带着妻子、儿子再次回迁，斗转星移、物是人非，看着已经变成残垣断壁的故乡，周家仓感慨良多。幸运的是，靠着前一段时间经商积攒下来的财产，周家仓有足够的实力重建家园。他一方面着手恢复家中凌乱的一切，一方面又继续经营起了老本行，还在故乡多次周济灾民，在当时的那一带赢得了广泛的美誉。

短短四五年光景，在周家仓的苦心经营之下，周家几乎恢复到了最鼎盛的时期。看着日渐美满的家庭，周家仓满意地笑了。但是，有一件事让他担忧——儿子周胜峰到了成亲的年纪。

周家仓知道，周家又将遭受一次重大的变数，儿子的媳妇能否平安生出双胞胎，将决定着周家的未来。周家仓又日日烧香拜佛，祈求平安。

半年后，周胜峰赢取了当地一位秀才的千金，又过了半年，周胜峰的妻子怀孕了。一家人在恐惧中等待孩子的出生。终于，十月怀胎之后，一对大声啼哭的双胞胎公子降生了，全家人都舒了一口气。

伴随着孙子的出生，周家仓开始有意地把生意转交给儿子来掌管，而他渐渐淡出公众的视野。也就是从这时候开始，周家仓意识到，只要双胞胎的诅咒不打破，周家就要永远在媳妇临盆时承受恐惧。为了寻求解咒的方法，他开始刻意地去寻仙拜佛，张贴布告寻找能人异士，期望能解开诅咒。可结果却令周家仓一次次失望：很多自称有过除咒经验的和尚道士，单单听到周家仓讲述双胞胎诅咒的难题，就已经愁眉不展了；另一些自称手到病除的“大师”，事后都证明不过是一场闹剧。绝望之下，周家仓只得选择全家笃信佛教，日日烧香拜佛，用这种消极的方式避免周家再遭遇灾难。

周胜峰的大儿子名叫周兴龙，二儿子名叫周兴虎，大儿子由于小时候过于娇生惯养，成年后变成了纨绔子弟，整日吃喝嫖赌，幸好周家的家业能够支付得起他这样玩耍。当周兴龙从家中的文献记载中了解到，自己的曾祖父，也就是周家仓的父亲，其所梦之诅咒：“周家媳妇只能孕育一次，且只能生出双胞胎”，胆怯的他竟然选择了一种消极的逃避方式——不再结婚。周兴龙对此的解释是，如果自己根本没有“媳妇”，周家的诅咒就能打破了。

周兴龙决定终身不娶，但这并未能阻挡他玩弄女性。他常年混迹于花街柳巷，甚至还大方出钱帮他喜欢的几个女人赎过身，却从不提成婚一事。周兴龙曾经好奇地琢磨过，如果自己不结婚，但是嫖宿过的女人怀孕了，是否会属于“媳妇”的范畴？是否会受到诅咒的影响呢？但是，“幸运”的周兴龙一直没有遭遇到这种事。

对于这种败家、逃避责任的儿子，周胜峰几乎是见一次打一次，但是，想要已经成年的周兴龙转变性情、知书达理，无疑是难上加难。于是，周胜峰在经过几次对周兴龙的暴打后，自知扭转无望，也便放弃了这种想法。周家传宗接代的任务自然而然地转移到了二儿子周兴虎身上。

虽然是双胞胎，但周兴虎与兄长周兴龙性情完全不同，他是一个兼具智慧与品德的好青年。即使在知晓周家的诅咒一事后，周兴虎也没有选择退缩，而像正常人一样娶妻生子，决定勇敢地去面对一切。

也许是周胜峰带领着全家笃信佛教的作用灵验了，周兴虎的妻子成功地生出了一对双胞胎男孩，取名周铭月与周卿月。其中的周铭月便是本故事一开始提到的周洪生和周岳生的父亲；周卿月，则是那对糊涂的滑稽老人，周培鑫和周培增的父亲。

时光穿梭，回到一百多年后的今天，我们将视点再次放到当代的周家：经历过数次政局动荡，从抗日战争、解放战争，直至中华人民共和国成立，在改革开放之后，周家利用新兴的好政策，再次重拾经商的祖业，家境日渐殷实。现在，周家已经成了镇上首屈一指的大户人家。事实上，他们早就可以搬迁到大城市去居住，更何况大城市也有利于他们事业的发展，但也许是受到祖业不能舍弃的传统观念的影响，周家一直委身于这个小镇上，成为被镇民羡慕和议论的对象。

周洪生和周岳生成年后相继成婚。结婚的对象分别是同镇的张君雅和叶月佳。弟弟周岳生早周洪生一步为周铭月抱上了孙子——一对可爱的双胞胎公子。周岳生和叶月佳为他们取了非常有书生气息的名字：大儿子叫周思贤，二儿子叫周彬轩。

在这对双胞胎出生后不到半年，周洪生与张君雅的孩子也出生了。然而，他们两个的孩子不是双胞胎，而是一位千金，周洪生为其取名为周丽丽。不祥的气氛再次笼罩周家。

此时，双胞胎的诅咒已经在周家延续百余年，周家上下对此深信不疑。因此，就在周丽丽降生后，全家人在担忧中等待诅咒的降临。

然而事情却没有想象中“顺利”，两年过去了，周家上上下下一如既往，没有发生任何不好的事。甚至在那段时间周家非常和睦安定，日子越过越好。此时的周铭月还乐观地估计，周家的诅咒要被打破了。全家人也渐渐从诅咒的阴影中走出来——在这两年里，害怕遭到诅咒的周家甚至减少了外出的频率，以防不幸降临，如今，他们渐渐地放心了。

可是，命运和他们开了一个玩笑，在周家所有人放松警惕后，厄运悄然而至。周卿月有一天带着哥哥周铭月的孙女——也就是受到诅咒的周丽丽——外出散步时，一场突如其来的车祸夺走了祖孙二人的生命。噩耗传来，周洪生的妻子张君雅承受不住女儿去世的打击，心脏病发暴亡。在短短一天内，周家失去了三条生命。

双胞胎诅咒再次应验，这对周家其他人产生了重要的影响，周卿月的两个儿子，周培鑫与周培增，两个兄弟也开始效仿起他们祖父的哥哥曾经的做法——采取终身不婚的方式消极避开周家的诅咒。然而，对这种因袭封建传统的家庭来说，必须有一人要承担起传宗接代的责任来，无后的绝望感甚至比诅咒更让人抓狂。这一责任自然而然地落到了唯一生出双胞胎的周岳生身上。

正因为意识到了这一点，周岳生对自己的两个儿子，自小便严苛教育，让他们很小就掌握了各种生存技能和知识。也因为如此，在改革开放后，周思贤与周彬轩才能迅速地利用良好的政策，把周家善于经商的特长发扬光大，使周家再次进入勃兴。

此时此刻，最戏剧性的一幕在周家发生了，已到成家年纪的周思贤与周彬轩分别爱上了同镇的两个女孩，待兄弟相互介绍时才发现，他们爱上的这两对女孩恰巧也是一对双胞胎，她们的名字分别是柳文慧与柳文秀。一时之间，“两对双胞胎成婚”的新闻传遍了大街小巷，省电视台甚至对此事做了一个专访，周家的产业就在无形中增加了知名度。周家似乎再一次走出了诅咒的阴霾。

周思贤与周彬轩两兄弟成家后，周家的事业越来越壮大，弟弟周彬轩与妻子柳文秀首先孕育了生命——一对双胞胎公主，周彬轩将她们取名为周紫英和周隽丽。这对于接连数代都只生得出双胞胎儿子的周家来说，增添了很多新鲜感。然而，短暂的新鲜感之后，面对的又是传宗接代的使命：哥哥周思贤不仅负担了必须生出双胞胎的任务，而且还必须是男性，否则周家便绝后了。

此时周家的事业正如火如荼，甚至在大洋彼岸的美国都新增了业务。为了能谨慎地处理这项海外新增的事业，同时也为了能进一步加强自身能力，周思贤毅然决定前往美国，一边处理当地的事务，一边进修经济学。同时，为了能不影响周家的传宗接代，他还把自己的妻子柳文慧也接到了美国。

两年后，大洋彼岸的周思贤给家里带来了好消息：柳文慧在美国顺利产下了一对双胞胎儿子，这对于面临绝后恐惧的周家来说，无疑是一对至宝，因此周思贤将他们取名为周宝文和周宝武。但是，由于在美国的业务才刚有了一个开头，周思贤无法在这时候抽身而退，因此他决定与妻子及两个儿子在美国再居住几年，以期业务有进一步的进展。但是，五年后，身在美国的周思贤由于一直被复杂的业务和学习缠绕，长时间的积劳成疾，致使他感染了严重的肺炎，这种顽症一直积蓄着，之后被工作所忙又延迟了治疗，周思贤终于卧床不起。最后，即使美国最先进的医疗技术也无法医治，周思贤就这样英年早逝。

此后过了大约两年，柳文慧在料理完美国的后事之后，终于携两个儿子回到了祖国，与周家人团聚，而周家在美国的事业也由于周思贤的去世被暂时搁置。在接下来的几年，周铭月、周铭月的妻子以及周卿月的妻子都因为年事已高而患上不治之症，相继过世。至此为止，周家尚存活在世的直系亲属共三代十二人：第一代五人，周培鑫和周培增、周洪生和周岳生，以及周岳生的妻子叶月佳；第二代三人，周彬轩及其妻柳文秀，以及周思贤的妻子柳文慧；第三代四人，周宝文和周宝武，以及周彬轩的双胞胎女儿周紫英和周隽丽。

后来，周紫英自杀，死因至今不明。

[明之卷三 · 镇长之死]

一

早晨九点多钟，充满暖意的阳光从招待所房间的窗户里投射进来，打在仍然熟睡的段一脸上。温暖的感觉让他逐渐从沉睡中恢复了知觉，但疲劳未经一夜睡眠完全消去，段一在朦朦胧胧中仍然拒绝睁开双眼。

突然，一阵急促的手机铃声响起，段一腿部的被子分明抖动了一下。他挣扎着翻了一个身，懒洋洋地拿起放在床头的手机，眼睛微打开一条缝隙，瞥了一眼来电显示。

看到上面标注的来电者是“周彬轩”之后，段一一个鲤鱼打挺坐了起来，赶忙将耳朵靠近手机：“喂？周先生吗？有什么事？”段一能听到自己沙哑的声音发着颤。

“段……段先生，请你马上到镇长家来一趟……”电话另一边，周彬轩的声音出奇地慌乱，“出事了……出事了……又有人被杀了！”

“是谁？”一听到发生了命案，段一禁不住心中一慌。

“是镇长！”

镇长被杀跟我又有什么关系？我接受的是周家的委托啊。段一没有说出来，但心里禁不住这样想。

“你来镇长家就知道了，到时候再详说！”周彬轩似乎听到了段一的心声，周彬轩催促道，口气越来越焦急了。

“你先冷静一下……我昨天才来到这里，根本不知道镇长住在哪里啊，我怎么过去？”

周彬轩告诉段一一个招待所附近的地址，让段一到那里等他来接，随即便匆匆挂断电话。

段一收起手机，草草地穿上了衣服，翻身下床。

在这一刻，段一忽然觉得，他当初不该接这种麻烦的委托。

二

当一辆豪华的奔驰轿车停在段一面前时，段一看到，除了司机外，周彬轩也在车上。周彬轩探出头，对段一使了个眼色，段一便上了车。

一路无话。周彬轩自顾自地抽着烟，根本就没有说话的意思，那神情仿佛是在告诉段一，等他到了现场，一切就都了解了。段一和周彬轩就这样平静地坐在车上，任车子在几个狭窄的街道上疾驰。拐过两个弯道后，他们就到达了目的地。

打开车门，段一立刻就闻到了一股刺鼻的血腥味，他连忙用手捂住鼻子，眼睛不断环视着周围的环境：道路的尽头耸立着一座二层民居，民居门前的院子里，就像刚刚完成了对牲畜的屠宰一样，遍地血色，院子中央呈大字型躺着一具尸体。旁边有一个身着制服的警察正拍着照，另外还有两个人正看着尸体讨论着。离尸体稍远点的地方，还有两个警察正在四周布置警戒线。院子外面熙熙攘攘地站着几个围观的村民，但不一会儿，他们都陆续走开了，想必是这里太过血腥和恐怖了。

段一与周彬轩对视一眼。尽管段一没有亲眼目击叶国立被杀的现场，但仅仅是听周彬轩介绍，他就感觉到，此时镇长被杀的现场几乎和叶国立死亡时一样。

“我也是刚看到。”周彬轩瞥了几眼就赶忙把头转到一旁，他似乎被这种血腥的杀人现场折腾得很不舒服，“之前只是听爸爸在电话里跟我介绍，我就感觉到是与杀死舅舅的同一人干的。”

“听爸爸介绍？你爸爸在这里吗？”段一问。

“他今天一早听到消息后就赶来了，我当时正在处理一项业务表的编制，做完后才过来的。”周彬轩边说边指了指院子旁边的一棵大树，那里站着两个面貌、身形几乎一模一样的老人，“瞧，他正跟伯父在一起呢。”

段一一边听着周彬轩的话，一边从记忆中搜寻周彬轩曾介绍过的家庭成员情况，想找出符合面前这对双胞胎老人的名字。

想起来了——是周彬轩的爸爸周岳生，以及他的双胞胎哥哥周洪生。

周彬轩走上前去，对两位老人说了几句话，接着又指了指段一这边，随即，三人走了过来。当周洪生和周岳生两位老人逐渐走近的时候，段一察觉到，单从外貌来看，他们与周培鑫、周培增这对兄弟真是十分相像。如果不是周培鑫、周培增这两个人整日傻乎乎的，表现出与周洪生、周岳生完全不同的气质，这四个人站在一起，完全有可能被别人当作四胞胎。

“段先生你好，我是彬轩的父亲周岳生。”双胞胎老人中的其中一位与段一握手。

“我是周洪生。”段一又与另一位老人握了手。

“你们好。”段一有点心不在焉，根本没有看两位老人，双眼依然注视着镇长院子外的那些散布各地的血迹和已经不成人样的尸体。

“这到底是怎么回事？为什么镇长也会惨遭毒手？”段一问。

周彬轩与他的父亲对视了一下，都没有说话。

“我刚才问了一下警察，现在只知道镇长是昨天晚上被杀的，行凶方法相当残忍——简直与一个月前叶国立被杀时的样子如出一辙，用钝器反复击打头部……”说话的是周洪生，因为刚才他与弟弟周岳生做过自我介绍，所以段一才能判断出他不是周岳生。

“死亡时间呢？”

“现在还不知道。”这次说话的是周岳生，“事实上，我们镇的派出所很小，当地的警察只能做一下简单的验尸，判断一下死因，死亡时间这种东西根本弄不了。刚才我问了一下，他们现在正联系县里，请求刑警大队派鉴证人员过来，到那时才能知道。上次刑警大队负责叶国立被杀案件的队长是贾继光，估计这次也是他来调查此事。”

趁对方说话的机会，段一才终于有空打量起他们，与周培鑫、周培增两兄弟不同的是，周洪生与周岳生这对双胞胎没有穿一模一样的衣服。前者身着一袭与身形非常相符的灰色西装，银色的头发梳得一丝不苟，五官中透着精明与能干，完全不像是年近七十的老人。而周岳生则一身便服，头发比周洪生长一些，略微有些凌乱，五官虽然与哥哥相同，但略显柔和。

“单从行凶手法来看，叶国立和镇长确实很像是被同一个人所杀。”打量完这对双胞胎老人后，段一的思绪回到了案件，他手托下巴，做出思考的样子，“叶国立和镇长认识吗？”

“认识，毕竟叶国立曾以参与公司决策的名义来过镇上好几次，有时遇到我们周家与镇长的饭局，他也会参加。”周彬轩说，“而且，他好像还跟镇长很聊得来呢。”

“哦？聊得来？那可真是少见……镇长喜欢这种吊儿郎当的人吗？”

“当然不是，镇长好歹说也是个正人君子，但是，两人有共同的爱好——喜欢喝酒。时间长了，他们就成为无话不谈的好朋友了。”

“这么看来……”段一咂了一下嘴，“两人确实有可能因为某个共同的事惹怒了凶手，所以招来了杀身之祸。”

“是报应啊，报应！”段一正低头沉思时，一个熟悉的声音从远处传了过来，但段一一时想不起这声音的主人。

“对啊，是报应！”另一个几乎完全一样的应和声响起，这下，段一知道是谁了——是那对周家的“喜剧演员”，周培鑫和周培增。

两位老人肩并肩，拄着拐杖一摇一摆地向段一一行人走了过来。

“天哪……”段一看到周洪生以近乎崩溃的表情拍了一下脑门，旁边的周岳生也顿时沮丧起来，那神情就像是在说，你们别再添乱了。

“两位叔叔，你们怎么来了？”周彬轩快步走上前。

“我们出来散步！”

“对，散步！”

“顺便看看这里的情况！”

“对，看看情况！”

“年轻人不知道怎么处理这种大事，需要老人的指导！”

“对……呃……年轻……指、指导！”

“叔叔们，不用劳烦你们了，我爸爸跟伯父都在这里呢。”周彬轩被这两个一唱一和的叔叔搞得焦头烂额。

“彬轩，别跟他们耗时间了。”周洪生不耐烦地说道，“赶快让司机送他们回去吧。”

段一看了一眼周洪生，虽然理解周洪生的想法，家中有这样迷迷糊糊的上了年纪的弟弟，着实让人难以忍受，但段一还是觉得周洪生的做法有点过分。

周彬轩面露踟蹰，他看着父亲周岳生，似乎在征求父亲的意见。

“听你伯父的吧。”周岳生说道，声音比自己的哥哥柔和得多，“快把他们送走吧。”

周彬轩仿佛接到了大赦，他像哄着两个刚刚会走路的孩子一样，慢慢地把他们带到刚才停车的位置。

两个老人还是意犹未尽，一边走着一边聒噪。

“镇长贪污受贿，是报应！”

“对，是报应！”

“让我说，早就该死了！”

“对啊，该死！”

这时在尸体旁忙活的几位警察听到了这番说辞，他们都往两位老人的位置看着，脸上露出十分在意的表情。

段一也眉头紧皱。

三

临近中午，段一不禁感到饥肠辘辘，又有点筋疲力尽。虽然在周家强大的势力下，当地警方允许段一在不破坏现场的前提下深入了解案情，但是，他本身并不是很有经验的私家侦探（最关键的是，他还不敢把这件事告诉周彬轩），可以说，他是个彻头彻尾的外行人，以前当私家侦探时侦破的案件都有点误打误撞的意思。因此，段一几乎没有查到什么真正有用的信息。

段一也越来越觉得当初不应该接下这种烦人的委托。

县里的警察在十点多的时候才姗姗来迟，周家一行人被县里富有纪律的公安们禁止再接近现场，这其中当然也包括段一。于是周彬轩只得先安排了饭局，邀段一去镇上最大的饭店吃饭，同时等待县里的调查结果。

看着满桌的美味佳肴，段一着实面露为难，一方面，他连早饭都没吃，早就已经饥肠辘辘，但是，一上午都待在血腥的案发现场，他的食欲受到了很大影响。此时此刻，他脑中竟然又闪过刚刚来到镇上时遇到的那个浑身异味的流浪汉，以及那失礼无比地倾泻到周彬轩书桌上的呕吐物。

段一赶忙摇了摇头，将脑中那些反复播放的不适画面忘掉。

参加饭局的一共包括五个人，除段一外，还有周彬轩、周洪生、周岳生和一位叫李富贵的人，他是镇上派出所的负责人，是刚才在杀人现场时周彬轩介绍给段一的。这位李富贵性格很随和，整日乐呵呵的，周家的人都与他关系不错，亲切地称呼他为“老李”。

“老李，这次这件事，包括上回舅舅的事，都拜托你费心了。”周彬轩举起酒杯，用略带忧郁的语气说道。接着他把酒杯伸上前，示意老李举杯。

“客气，客气，你放心，我一定尽力而为。”老李与周彬轩碰杯后，将杯子里的酒一饮而尽。

落下酒杯后，周彬轩又斟满酒，打算敬段一，但被段一以不会喝酒的名义回绝了。

“到目前为止，你对这两起命案有什么头绪吗？”周彬轩丝毫没有因为被拒绝而感到恼火，他问道。

“暂时还没有，先等待县里警方的验尸报告出来再说吧。”段一说，“我还对被杀的镇长一点都不了解呢，想多听听关于他的事，特别是他的个人生活方面。我想，如果我们能找到他与叶国立的交际圈的交叉之处，凶手也就很容易确定了。”

段一之所以提出了这样的要求，是因为早上对周培鑫和周培增说过的话比较在意。

“镇长他……”刚才连灌四五杯黄汤的老李忽然开口了，他面颊上已经出现一整片绯红，口气也因为喝酒变得支支吾吾，“镇长……其实是个好官。”

老李的这种说法很是暧昧，真正风评好的官员是不需要格外强调“是个好官”的，既然老李这么说，那表示，镇长在镇民中的形象可能不太好。

“对呀。”周彬轩接过老李的话，语气十分诚恳，“镇上的人都对镇长有些误会……虽然我不知道镇长被杀是不是源于这些误会，但平心而论，镇长真的是个好官。”

两人的一唱一和让段一疑惑了：难道镇长真的是个清官？

“有很多人讨厌镇长吗？周培鑫和周培增两位老先生所说的事情，到底是真是假？”段一最后决定不再拐弯抹角，他直接问道。

“已经老年痴呆的人说的话，当然不可信。”周洪生发言了，同样是那种硬邦邦的语气，似乎只要一提到他的两个堂弟，周洪生的气就不打一处来。

“虽然不能说镇上每个人都很讨厌镇长，但对他有意见的确实不在少数。”周岳生用嗔怪的眼神看了哥哥周洪生一眼，补充道，“不过，我觉得这在很多情况下都是一种误解。”

“镇长名叫邹光耀，据说这个姓是几百年前镇上的第一大姓。”这次发言的是周彬轩，“据说，这个镇在历史上曾叫作邹镇，几百年前，这个镇上还几乎都是邹姓人，后来因为连续遭遇几次大的人口流动，现在小镇里几乎没有几家姓邹的了。我想镇长之所以受到排斥，有其中一个原因就是他的这个姓吧。”

“邹这个姓怎么了？”段一问。

“镇长是外地人，后来通过考试调到这里来当基层干部，之后通过不断地考核和晋级，最后升为镇长。其实他真的是个不错的官，但是……”周彬轩咽了一口唾沫，继续说道，“镇长是文化人，他查过家里的家谱，确定自己祖宗是镇上人，于是他一直把自己到这里担任镇长戏称为‘皇帝复辟’。”

“这不过是句玩笑话嘛，不至于因为这个与村民发生什么矛盾吧？”

“但是问题在于镇长的性格……怎么说呢，是那种很神经质的类型，要不是这样，他也不会与舅舅那种人交上朋友了。”周彬轩皱了皱眉头，继续说道，“他喜欢把自己摆在高高在上的位置，这就让小镇里很多年长的有权威的老人很气愤，特别是他一再提自己是‘皇帝复辟’，而且镇长今年也只不过是三十五岁，这种太过自大的性格，在相对封闭、讲究传统的镇里，是很吃不开的。”

“哦？镇长只有三十多岁？对于现在的公务员来说，仕途已经算很顺畅的了！”段一叨了一口菜，边咀嚼边说，“看来他确实很有能力和手腕。”

段一只在今天上午见过镇长，而且还是已经变成尸体的状态，更何况，命案现场如此骇人恐怖，镇长的头被袭击得面目全非，遍地血迹。尽管他的尸体就躺在那里，镇上的警察碍于周家的面子也没有禁止段一靠近，但段一实在没有勇气与那瞪得浑圆的死者眼珠对视，也就一直不清楚镇长的长相，更无从知道他的年纪。只是依照段一往日在电视上看到的镇长的通常形象，猜测镇长应该五十岁左右。

“说实话，镇长在位的这段时间，真的做了不少好事，带动了我们镇里的发展。”老李说道，“可是不得不承认，由于拉动经济的一些政策并不适用于每个家庭，因此造成了镇里一定程度的贫富差距，这也就招致了镇里一些人的怨言。”

“是啊，我们周家的公司这两年之所以能一帆风顺，很多时候也都多亏了镇长啊。”周洪生将杯中的酒喝个精光，随即点了一支烟，“富了必然招人眼红，有些人就是这样，他们不但仇视我们周家，也仇视镇长。”

但是，看着镇长那豪华的居所，又有几个人能相信他没有贪污受贿？段一很想把这句话说出来，但硬生生地控制住了。

“对了，镇长他到现在都是一个人住吗？”段一忽然想到了这个问题，“为什么今天上午在案发现场时没有发现他有任何一个亲戚在呢？他没结婚吗？”

“没有，他一直是一个人住的，这其中的原因我们就不了解了。”周洪生吸了一口烟，说道。

“镇长与叶国立亲近到什么地步？他们经常在一起吗？”段一又问。

“舅舅最近来过的几回，都曾到镇长家里去，两人应该是只在喝酒吧。”周彬轩说，“他们两人的联系应该挺密切，有一次，我还无意中看到镇长手机上的通讯录里有舅舅的名字。”

段一点点头，他忽然觉得异常烦恼，看着桌上放着的酒杯，几乎从不喝酒的他忽然想要品一品这容易惹是生非的饮料。

少顷，段一将面前一个还没用过的酒杯斟满，端起来一饮而尽。

“啊——”周彬轩吓了一跳，因为刚才段一还拒绝了他的敬酒。

段一放下酒杯，感到酒精的劲头正慢慢涌上自己的神经，强烈的眩晕感袭来。

叶国立、镇长，已经连续两人被杀了……

下一个是谁？

段一为自己产生的这种想法感到不寒而栗。

[暗之卷三·噩梦]

一

…………

这次的梦境，又换了一个不同的地点。

与其他几次荒诞但真实的梦不同，这次我非常清楚自己是在做梦，因为此时此刻的情景，根本不可能在现实中出现。比上一个梦境更加离谱。

梦中的我，竟然拿着一个沉甸甸的编织袋，站在镇长家的门口！

简直是可笑！我今晚刚刚目睹流浪汉用编织袋杀镇长，现在又换成是我了？

我在梦中向四周环视着：没有一个人，只有镇长家里有一盏微弱的日光灯亮着。我看看自己那身破烂的衣服，以及我惯常的发型——从额头上垂下来的零散的头发，这么说来，我还是我本人，在这个梦中，我并没有附身在流浪汉身上，重演杀死镇长的一幕。

我什么也不做，静静地等待梦境的剧情慢慢发展。

良久，未经我敲门，镇长家的门就自动打开了，镇长那张脸探了出来。

按照安排，我是不是该举起手中的那个编织袋，往镇长头上袭去？

不，我不要任凭梦境操纵我，我偏要一动不动，甚至连一句话都不说。

“你谁啊？”镇长问我。

我偏不回答。

这时，我听到“呼”的一声，仿佛狂风呼啸而至。

紧接着，我看到一个飘忽不定的白色块状气体漂浮在镇长家的上空，忽忽悠悠，还略微在空中蠕动着。

那是什么？

我看到，块状气体伴随着蠕动，形状慢慢改变，它渐渐变大，并伸出了头，双手、双脚，变成了一个人形。

人形的五官渐渐显露出来，还对着我“嘿嘿”地笑呢。

我看清楚了——是那个流浪汉！

流浪汉的灵体一阵暗笑，随即猛地从空中俯冲下来，直向我袭来！

我来不及发出惊叫，灵体与我的身体接触了！

我猛地闭上了眼睛。

但是，我没有感受到冲撞的痛楚，确切地说，什么感觉也没有。

我慢慢睁开了眼。

眼前是一脸迷惑的镇长，天空中，流浪汉的灵体，早就消失的一无所有。

但是，我总觉得哪里不对劲。

我感觉双腿软塌塌的，使不上劲。不仅如此，我好像已经没法控制我的躯体，这种感觉从腿部渐渐扩展到了颈部以下的所有位置。现在，除了头部还能晃动之外，身体已经不属于我了。

我明白了，我被流浪汉灵魂附身了。

我看到，我的右手慢慢地举了起来，手中还拿着那个编织袋。

难道，这是要……

没错，与我想象的一样，我的手挥舞着编织袋，向镇长头上袭去！

与今晚的情形一模一样，只不过，凶手变成了我。

二

我睁开眼。

梦醒了。

最近接连做了三个怪梦，最初是与艳女调情，然后是在丛林中遭遇乌鸦袭击，今晚则变成了流浪汉灵体附身，重温谋杀现场的情景。

恐惧感在梦醒之后渐渐消逝，我长舒了一口气。

静静地躺在干草堆上，我的双眼直愣愣地盯着毡房残破的屋顶，屋顶边有一个破洞，弯弯的残月正好透过那个窟窿射入毡房内。

由于那个噩梦，我再也睡不着，尽管内心已经极其疲惫。

我闭上眼睛，回忆着这几天经历的一幕幕怪事：昨天晚上我跟踪流浪汉到了蝗神庙，看到他所做的一幕幕怪事，这根本不是一个流浪汉可能做的事；今天晚上，我再一次对他进行跟踪，却亲眼目击到流浪汉杀人！

但是，比这两件事更奇怪的是我的反应。

原本我只是因为对流浪汉的身份感到好奇，才跟踪他，但现在不同了，我成了一起谋杀案的唯一目击证人。

可是……

我却不想告发那个流浪汉。

为什么？我自己问自己。

我不知道。

在看到流浪汉袭击镇长的恐怖的一幕时，我内心恐惧、震惊、焦急、愤怒……各种思绪交织在一起，为了不被流浪汉发现从而危及生命，我在等他离开杀人现场十多分钟后才一路跑回破毡房……

这种令人战栗的感觉本应该是刻骨铭心，可能一辈子都不会忘记，可是，在那之后，我的所有感受很快消失殆尽，一种莫名的体会油然而生。

我竟然感觉到……刺激。

连我都觉得奇怪，我竟然会感到刺激，事后每当我再次回忆起流浪汉行凶时的任何一个微小的动作，竟然没有丝毫畏惧，只感到一种彻底的……快感。

直至现在，我才知道，我竟然是这样一个彻头彻尾的变态。我竟然会对杀戮行为有所渴望。

我翻了一个身，将头埋进干草堆，全身紧紧地蜷在一起，强迫自己不再去思考。

难道……我真的是被流浪汉附身了？

三

由于一直跟踪流浪汉，再加上噩梦的骚扰与梦醒之后的失眠，直到快天亮，我才睡着，这直接导致了我下午两点才起床。

虽然已是十一月，但此时正处于一天中气温最高的时间，日光依然很足，照得我身上热乎乎的。

我懒洋洋地从干草堆上坐起，穿上那双早已臭烘烘的烂胶鞋，站起身，走出毡房，在毡房外面的小溪边洗了洗脸。

肚子传来一阵叫，昨晚为了跟踪流浪汉，我没有到小镇里找食物吃，今天又一直睡到现在，肚子早就饿瘪了。于是我决定到小镇里去找寻食物，另外，我也想探查一下镇上的人对镇长被杀一案有何反应。

想到这里，我立马向小镇走去，一路上，我能清楚地听见心脏加速跳动的声音，不知这是难掩的激动，还是好奇心又一次在作怪。

二十分钟后，我已经立身于小镇中央的那条路上了，这是小镇最热闹的一条街，虽然今天来来往往的人几乎与往日一样多，但大家彼此交谈的声音似乎都在刻意压低，从他们的面容就知道，他们一定在谈论镇长被杀的事。

我忽然想要去镇长家看看，也许那里已经拉开警戒网，不允许一般人靠近吧？但是，想到什么就做什么一直是我的特点，于是我立马加快脚步向镇长家走去。

依照记忆中追踪流浪汉时的路线，我来到了镇长家。

果然如我所料，镇长家的附近已经拉起了铁丝，在镇长倒地的地方用白色的石膏画着一个人形，案发现场周围的各个位置都有警员看守——由此看来，想要再多靠近一点观察是不可能了。

我正犯难时，正好看见距离现场不远的地方有一个垃圾堆，于是我走到那里，蹲下身子，一边装作在垃圾堆里寻找食物，一边转着头，四处观察着。

忽然，我听到身后出现了一个沉闷的脚步声，我回过头，只见一个二十多岁的年轻男子从我身边走过，他的脸通红，身上还带着一股酒气，似乎根本没有注意到我，径直向案发现场走去。

他是谁？我心生疑问：从衣着和身材来看，根本不像警察啊，那他为什么能靠近案发现场？

“你好，你就是段一先生吧？”我正暗想时，一个身穿警服的男人已经向那个男子走过来，他自我介绍道，“我是县里派过来负责此案的刑警大队队长贾继光。”

“你好。”段一之前吃饭时的酒气尚未消尽，他勉强伸出手，与贾继光握了一下。

“我对你有所耳闻，曾在很久以前看过有关你破案的报道。”贾继光奉承道，但很明显，他是在口是心非，因为他刻意强调了“很久以前”这个词。“真是百闻不如一见那。”

“你过奖了。”段一挠挠头，似乎对贾继光这种态度满不在乎，不知是不是酒精的影响。

“尽管我很希望你能在这个案子中多向我们提宝贵意见，但是，据我所知，你现在应该不再做私家侦探了，更何况这个职业在我国本身就……呵呵。”贾继光说，口气中的讽刺意味越来越重，“也就是说，你只是一个没有得到行政许可的个体，原则上是不允许参与刑事侦查的，所以希望你能有自知之明，有些事情请适可而止。周家的公司在县里的纳税额很重，所以领导特别叮嘱我要对你们网开一面，但是，我们毕竟要按规定办事，请体谅我们的难处。”

“那是当然的。”段一笑了笑，“我一定服从你们的调度。”

“在我们赶到之前，”贾继光回头看了看镇长家门口的院子，“这个案发现场没有被破坏吧？”

“没有。”段一回答得很干脆，“老李在案发后很快便拉起了警戒线，没有任何人靠近过。”

“谁是报案者？”贾继光又问。

“据说是一个上山砍柴的村民，他经过这里时看到了镇长的尸体。”

“哦……”贾继光点了点头。

“初步的检验结果出来了没？”现在轮到段一发言了。

“已经出来了，”贾继光的表情略有不悦，他似乎很不习惯被段一这样询问，但仍然回答道，“目前推断死者的死亡时间是昨晚八点十分到八点半之间。但是很遗憾，根据我们初步获取的线索，我们把主要的嫌疑犯范围确定在周家的成员之中。”

“为什么认为嫌犯在周家人中呢？”段一对贾继光的说法颇感奇怪，“据我了解，镇上反感镇长的人应该不少呀，但周家的人反而与镇长的关系不错。”

“那只是你听了他们的一面之词而已。”贾继光笑道，“镇长在镇民中的口碑确实不太好，但仇恨到了杀人地步的肯定不多。案发现场你也看过，凶手反复击打镇长的头部，很明显有极大的仇恨，但据我们目前的调查，我们没有发现哪个镇民会如此记恨镇长。

“相反，作为镇中首富、在全省都有一定影响力的周家，与在村中担任‘土皇帝’的镇长必然有很多利益方面的冲突，尽管这些冲突可能不为人知。”贾继光轻咳了一下，“另外，大约一个月前的叶国立被杀一案，相信也与本案有密切的联系，起码这两起案件的杀人手法是一样的。但是，由于这两起案件的凶手都是通过反复击打同一位置杀死对方，从程度来看，甚至在明知对方已死的情况下都没有停止，这影响了我们通过对伤口深度和范围的检测来判断凶器。因此，我们现在无法确定两起命案的凶器是否是同一个，凶手是否同一人。但是，单从表面的情况来分析，凶手是同一人的可能性非常大。

“周家的人也有杀死叶国立的充分动机，因为与周家大部分人不同，叶国立是一个相当不务正业的人，他整日无所事事，还喜欢喝酒和惹是生非。像这样一个不思进取的人，也许会成为周家某个人或某些人的眼中钉，于是便有人制订了详细的计划，将自己仇恨的叶国立连同镇长相继杀掉——这样想不是很合理吗？”

“贾先生，你真是个怪人，你刚刚还说不会故意刁难周家，现在却如此主观地把嫌疑人的范围放在周家上。”段一的此番话颇有反唇相讥的意思，“但是，我不得不承认，你的这番推测也并不是完全没有道理，你放心，如果我发现了周家的人是凶手，我是绝对不会袒护他们的。”

贾继光哼了一声：“但愿如此。”

“不过，我觉得周彬轩不会是凶手，毕竟是他主动来委托我调查叶国立被杀一案的。”

“事实上……”贾继光咬了咬下嘴唇，“虽然我们专案组目前一致认为凶手很可能是周家的一员，但现在的问题是……根据我们调查，他们全家人都有案发时的不在场证明。”

“不在场证明？这么说来，叶国立被杀一案不也是如此吗？周家的每个人都有完美的不在场证明……”

“是啊。”贾继光边说边掏出一个笔记本，念道，“据我们调查，在昨晚的八点十分到八点半之间，周洪生、周岳生、周彬轩三人都在镇上的公司厂房里召开会议，同时参加的还有很多被周家雇佣的镇民，这几乎是再完美不过的不在场证明。而周家的其他人，包括周培鑫、周培增、叶月佳三位老人，柳文慧、柳文秀两位女士，以及周隽丽、周宝文、周宝武三个孩子，都在家中看电视，这期间正好有妇联的主任前来做客，能为她们做不在场证明。”

“这么说来，我们只能暂时说，贾队长你的怀疑没有依据了……”段一手托下巴，思忖着说道，贾继光正欲反驳，段一忽然又说，“不过，我想贾队长你应该注意周家一个明显的特点，那就是……”

“你说的是双胞胎这件事吧？”未等段一说完，贾继光便开了口。

段一重重地点了一下头：“推理小说中不是经常出现吗？利用双胞胎做不在场证明。周家正是一个‘双胞胎之家’啊……”

“但是现在的情况是，任何一对双胞胎都是同时出现在其他人的面前，不可能存在利用两张相同的脸去误导人的情况。”贾继光双手摊开，一脸无奈。

四

“贾队长，”段一忽然问道，“你知不知道周家那个‘诅咒’的传闻？”

“知道一些。上次叶国立被杀时，因为怀疑周家，我就彻底地查过周家人的底细，据说诅咒已经百年了，只要生不出双胞胎，就会发生灾难。”贾继光说话时喉头散出一点点颤音，似乎这个诅咒的话题让他很不愉快。

“那贾队长是如何看待这个诅咒的呢？”段一问。

“我从事的是刑侦工作，出于职业的原因，你让我表示相信这类怪力乱神的东西，是很不恰当的。”贾继光叹了一口气，“但是，我不得不说，除了周家讲述的他们百年来的诅咒史的事实，我真的找不到其他合理解释。”

“为什么你会这么想？”

“还用说嘛！一家人生出双胞胎的概率有多少？连续五六代人生出双胞胎，中间偶尔两次没生出双胞胎又都遭遇灾难，这种事情，全部是巧合的话，概率又有多少？”

段一不置可否，他双手交叉着放在胸前，低着头，原地转圈踱着步子。少顷，他抬起头，看着贾继光：“贾队长，不知道你有没有听说过 1999 年英国一起婴儿猝死综合征的案子？”

“婴儿猝死综合征？那是什么？”

“这是我在大学旁听法律课程时了解的，虽说是司法案件，但我从此案中了解到很多概率论的问题，它们或许正好用来解释周家的问题。”段一答道。

“英国有一位女律师，名字叫萨丽，她生了一个孩子，两个月后，孩子在睡梦中无缘无故地死亡。死因被判定为婴儿猝死综合征，这是一种不明原因引起婴幼儿突然死亡的综合征，这个病是不可预知的，而且常规病理解剖也不能发现明显的致死原因。几乎所有婴儿猝死综合征的死亡都发生在婴儿睡眠中，出生后两周到一岁间的孩子是高发阶段。孩子死后，街坊邻居都很同情她。

“第二年，萨丽又生了一个孩子，但是不到两个月，孩子再次猝死。医生产生了怀疑，就向警察局报了警，萨丽被告上法庭，检察官起诉萨丽对婴儿施虐致其死亡。在法庭上，检察官找来了英国的权威儿科医生梅铎，儿科医生作证道，‘婴儿猝死的概率是八千五百四十三分之一，而第二个婴儿猝死的概率是七千三百万分之一，按照这个概率，需要把英国一百年的所有出生婴儿放在一起，才有机率发生一回。所以，该妇女有重大的谋杀嫌疑。’”

“这个很有道理啊。”贾继光一边听一边点头，“可是我不知道你讲它的目的是什么？”

“事实上，这个推理是错的，贾队长。”段一说，“萨丽最后也没有被判有罪。”

“啊？”

“我问你一个问题。”段一微笑道，“假设你买了一张三十选七的彩票，中奖号码有两个可能，第一个是 3,4,5,6,7,8,9；第二个是 2,5,8,11,19,23,27。你说哪一种号码的中奖概率高？”

“这还用想吗？当然是第二……呃……”贾继光没有把话说完，便意识到了什么不对劲的地方。

“是的，我们很多人第一时间会主观上觉得第二种的中奖概率高，因为与第二种杂乱的数字相比，第一种显得太整齐了。但实际上，两个数字的中奖概率是一样的。我们觉得第二种概率高，是因为我们把这个问题在潜意识里偷换成了‘七个中奖号码完全不连续，与七个中奖号码完全连续，哪个概率高’，但这并不符合问题的实际意思——两组特定号码的中奖概率。”

“我还是不明白你的意思。”

“我的意思是，在现实生活中，概率论很容易被误解。一些比较奇特的事件发生概率低，但并不意味着它不是没有可能发生，只不过事件比较奇特，吸引了更多人的关注，才让它显得更没可能。”段一说道，“同样的逻辑可以用来解释周家的双胞胎问题。连续几代人都生出双胞胎的概率确实是极低的，但是，如果我们换一种情况呢？假设有一个家族，第一代人生了一个男孩，第二代人生了一对双胞胎，第三代人生了一个女孩，第四代人生出了一对连体婴，第五代人连续生了三次，前两次因为基因缺陷夭折了，第三个却生出了一个阴阳人。贾队长，你觉得这样家庭的概率高不高呢？”

“我好像……明白你的意思了。”

“是的。”段一点点头，“如果是严格按照概率论来计算，这样的家庭出现的概率也是极低的，但是，即便我们周围有这样的家庭，我们一般也不会过多的关注这个家庭，因为它连续五代人的生育状况是比较杂乱的，没有太高的‘存在感’。相反，如果连续几代人生出来的都是双胞胎，即便从概率计算上讲，它可能并不比我刚才讲的这个出现的概率低多少，但由于双胞胎的生育状况是‘整齐一致’的，更吸引人眼球，所以更会让我们产生‘这种情况出现的概率好低啊’的感觉。”

“周家就是我说的中奖号码为 3,4,5,6,7,8,9 的情况，而前面举的那个五代人家庭的例子，就是中奖号码 2,5,8,11,19,23,27 的情况。问题从来不是第一种情况的概率极低，而是第二种情况不吸引人注意。”

“你是在以此向我说明，周家的诅咒是子虚乌有的，它只不过是低概率事件发生后，格外吸引人的结果？”贾继光问。

“说实话，我初次听到双胞胎诅咒的故事时，心理上也一直是带着三分相信的。如今的这个结论，也是我思索良久想出来的。”段一笑道，“英国的那个案子也是如此。1999 年，英国皇家统计学会的学者们走上法庭为萨丽辩解，他们提出了梅铎教授对概率论运用的误区：梅铎混淆了个体概率与整体概率，1/8543 的婴儿猝死率是以全英国为大样本统计出来的结果，但它却忽视了萨丽样本的特殊性，如果萨丽的家庭具有某些特殊的导致婴儿猝死的因素，甚至萨丽家族本身就带有容易导致婴儿猝死的基因，那么事件发生在萨丽家中的概率就不是 1/8543，而有可能更高，甚至接近于 100%。另外，发生概率低不等于不可能发生，如果‘英国一百年才会发生一次’就意味着‘英国不会发生’的话，这简直相当于承认了每过一百年，就会有一位母亲因为倒霉而被误判为谋杀罪。最后，皇家统计学会学者们的辩解被法官采纳，萨丽无罪释放。”

“这听起来不是挺好的嘛。”

“不。我刚才说了，老百姓们很难理解这种冷冰冰的逻辑推理，萨丽虽然打赢了官司，但她的邻居和朋友们却都深信萨丽是个杀人犯。萨丽就在这种冷漠和仇视中自暴自弃，天天酗酒，律师工作也不见起色，没过几年就忧郁而死。”段一叹了一口气，说道。“这其实也跟周家的诅咒是一样的。人对于一件事的态度会受到周围人的影响，且这种影响又有很强的‘叠加’属性。或许在一百年前，对于诅咒一事，周家仓和周家实起初并不信以为真。但由于是先父遗言，再加上那时候封建家庭的保守，两兄弟一直处于一个‘周围的人都认为诅咒是真的’这样的环境，再加上接下来没有生下孩子的周家实真的发生了灾难，于是这种误解就逐渐加深了。

“冷冰冰的数据和推理永远不如周围的言论环境对一个人的影响深，周家就在这样的环境里，不断地加强双胞胎诅咒的说法，以至于深信无疑。”段一说道，“说白了，这就是一种‘心魔’。如果我们在本案的侦破过程中也自带着这一心魔，我想，真相可能就更难以看透。”

“你是在提醒我，不要被周家双胞胎之家的身份所误导？”贾继光问。

“是双胞胎的‘诅咒’。”段一强调道，“我不希望我们被莫须有的诅咒干扰侦查，但双胞胎本身，却仍然值得我们注意。虽然周家众人的不在场证明状况已经表明，他们不可能通过双胞胎身份互换的形式作案，但我仍然觉得，双胞胎身份仍然在本案中有举足轻重的作用。尽管这个作用是什么，我至今仍不知道。”

五

我手里拿着一个“可口可乐”的空罐子，一直弯着腰，在垃圾堆旁装作搜寻废品的样子。与此同时，我的耳朵却一直仔细地听着，想从那个叫段一的男子和贾继光的对话中获知一些端倪。

一开始两人的对话还是紧扣案件的，但后来，两个人就停留在无聊的“诅咒”和“双胞胎”问题上。我又听了一会儿，感觉不可能有什么收获了，于是放弃偷听，手握着空罐子沿来时的路走回去。

一路上，我仔细回忆着段一和贾继光的谈话内容。

贾继光怀疑凶手是周家的人，如果我完全是这个案件的旁观者，我也会对这个说法深信不疑，但现在有两个事实能否定这一推论：第一，周家全体人都有完美的不在场证明；第二，也是最重要的，我昨晚目睹了流浪汉杀人的全过程。

尽管如此，也不能完全排除周家人与这件案子的关系，因为流浪汉在前往镇长家之前曾在周家停留过，他还从周家别墅的后门进入过，而杀人凶器——那个不知道包裹着什么重物的编织袋——也是从那里取出来的。从这点来推断，有可能是别墅中的某人雇佣了流浪汉，让他先后除掉了叶国立和镇长，为了掩人耳目，他又让杀手伪装成了流浪汉。

对，一定是这样，绝对不会有错！想到这里，我高兴地拍了一下手，走路的双脚也跟着变得轻快起来。

至于双胞胎的问题，尽管我也知道这是在推理小说和电视剧中常出现的套路，但是，在这个案件中，它实在没有发挥任何作用。毕竟据贾继光所说，周家的任何一对双胞胎在案发时都是同时出现在一个地点，同时拥有不在场证明，不可能会出现以替换身份的方式制造不在场证明的情况。

我一边思考一边走路，等回到破毡房时，已经是下午五点多。本来是打算去镇上找寻食物的，却因为关注镇长被杀一案而完全忘记了此事，等回到毡房，肚子又一次发出了抗议，我感到好饿。

我懊恼地坐在干草堆上，由于饥饿和长时间走路，现在我一点力气也没有。尽管肚子传出一阵阵呐喊，但我实在没有力气再去找吃的了。

我趴在草堆上，强迫自己闭上双眼，长时间的拾荒生活让我知晓了这样一个常识：当你饥饿时，睡觉是最好的转移注意力的方法，还能将身体能量的消耗降到最小。

我闭上眼，尽量让身子摆成一个比较舒适的状态，缓缓进入睡眠中。

……

睡不着。

今天一口气睡到下午两点，困神早就被驱散尽了，与其强迫自己睡着，倒不如想想今后要做的事情。

想到这里，我睁开眼，一个鲤鱼打挺从干草堆上坐起。

对于这桩谋杀案，我应该做点什么？

我不想找警察告发流浪汉，虽然我也不知道为什么。但是，我对这个事件抱有极为强烈的好奇心，我非常渴望探查出整个事件的真相，特别是找出那个周家的幕后主使人，那个指使流浪汉去杀人的家伙。

既然如此，今晚我应该再去一趟周家的别墅，看看他们还会有什么事发生，看看那个流浪汉还会不会再次出现。

就这么办。

六

我强打着精神，忍着已经饿得胃液倒流的身体，再次下山，来到了镇上。在其中的几个垃圾堆里，我随便拣了一些变质的东西填饱了肚子，接着便在四处随意溜达，等待着夜晚的到来。

一直到下午六点半，天已经都变黑了，我才慢慢地向周家的别墅走去。

之所以选在这个时间，一方面是因为黑夜已经来临，我的行动不会引起路人的注意；另一方面，我刻意选在流浪汉离开蝗神庙之前来到这里，为的就是能看看周家的人还有什么其他古怪的活动。

除此之外，这次我还为自己预备了“武器”：一根一头已经被烧得炭化的柴火杆子。这是我从废物堆里拣到的，几天来的经历告诉我，虽然我一直在暗处观察，但这并不意味着我没有被袭击的可能，为了保护自己，我必须要有所防备。

我右手攥着杆子，径直向周家的别墅走去，内心难掩猎奇的兴奋。

不一会儿，我就来到了周家的别墅，和昨天一样，我躲在了跟踪流浪汉时曾经隐藏的那棵树后面，双眼偷偷地向别墅的方向瞄着。

忽然，我感到内心一股悸动，这种悸动和昨天跟踪流浪汉来到此地时感受到的一样。

这种不安，似乎就是那幢豪华的别墅带给我的……

我不知道为何会一再产生这种感觉，仿佛从跟踪流浪汉以来，我的生活、性格都有了很大的改变，以前的我是冷静的，现在的我却疑神疑鬼，对一幢普通的别墅产生恐惧；以前的我也自认为是善良的，而经过昨晚的事后，我才发现我竟然会对死亡和血腥感到快意。

就像是那个流浪汉在向我催眠似的……

不能乱想。

我努力晃了晃脑袋，把心中乱七八糟的杂念赶走，强迫自己把注意力集中在眼前的别墅上。

别墅周围空无一人，偶尔有微风吹过，带动着别墅院子里的花草左右摇摆。

良久，别墅的正门忽然打开了，一个身穿连衣裙、年纪大约二十岁的年轻女孩走了出来，头上还戴着一顶草帽。

“隽丽，我以前告诉过你，这种天气穿成这样会冷的！”一个声音从别墅里传来，不一会儿，一个中年女人走出门。她一头齐耳短发，圆脸，双眸透着宽容与谦恭，腮部鼓鼓的，有点婴儿肥，但恰好给这个年纪的她增添了一丝活力，从外表看，她年轻时一定是个美人。

“妈妈，不要紧啦。”女孩笑了，“现在只是十一月，不会太冷的，我只是出去散散步，消化一下晚饭，一会儿就回来。”

“你这孩子，真是无忧无虑啊！”女人生气地掐着腰，“你舅姥爷和镇长都相继出了事，你怎么还敢随意出去？”

女孩努了努嘴，说道：“我总觉得镇长的事未必与我们有关，至于舅姥爷……事实上，除了奶奶以外，大家都因为他被杀一事松了一口气，不是吗？与其关注这些我们并不多在乎的事情，还不如多去想想姐姐为什么会死！我觉得一定是有人杀了她！她肯定不是自杀！”

“隽丽！”女人走上前一步，做出要捂住女孩嘴的样子，却被女孩一闪而过。

“我要出去了，一会儿就回来。”女孩有些生气，她转过身，走出别墅的院子。

“唉……这孩子，真是的。”女人无奈地摇了摇头，随即走回别墅，把门关上。

两个人的对话被我仔仔细细地听到了，女孩口中的所谓“舅姥爷”想必就是之前我在段一和贾继光的对话中听到的被杀的叶国立。

我看看手表：现在是六点五十分，距离流浪汉下山到周家至少还要二十分钟，这样说来，这个叫“隽丽”的女孩在这个时候离开家，未必是打算与流浪汉私自见面，另外，从她天真无邪的表情看来，我实在无法把她与在幕后操纵一切的阴谋家联系在一起。

女孩一只手捂着头上的草帽，另一只手捂着被风掀起的连衣裙的下摆，向我这个方向走来，袅娜的身材愈发清晰。

我慌忙压低了身子，以防被她发现，但手中依然攥着那根“武器”，以防被发现时可以做出反抗。

随着女孩一步步走近，看着她那纤细的腰肢，我忽然感觉脑中有一根弦断了一样，瞬时间，心中涌起一股不可名状的异样感。

好奇怪……这个感觉是……

我这是……怎么了？

我感觉脑袋仿佛不再是自己的，瞬时间变得空空如也，反复出现在眼前的都是昨晚目击到的流浪汉杀人时的血淋淋的场景。

而目击杀戮所带来的刺激感也在这一瞬间产生了……

我……我……

我也要，尝试着去做这种刺激的事……

我要……我要体验那种难得的快感！

我还想到了昨晚的梦——流浪汉附了我的身，所以我替代流浪汉杀了镇长。现在的情况，也是一模一样。我的身体，渴望血腥与杀戮。

我几乎朦胧地看到，现在，在我上方的夜空中，又出现了那个缓缓挪动着的白色物体，他慢慢变形、变大，流浪汉的身形又显现了出来。

我分不出这是现实还是幻觉，我只知道，仿佛失了神一样，我一直盯着空中。

如梦中一样，我看到，流浪汉形状的白色物体向我飞了过来。

我猛地深吸一口气，然后，真的好像有什么东西撞上来一样，四肢和躯体都发出剧烈地抖动。在这一刹那，我看不到眼前的东西了，但我并没有闭眼，这么看来，我是在翻白眼吧。

鬼真的上身了。

几秒钟后，我的身体停了下来，视力也渐渐恢复。但我知道，现在的我，已经不是“我”了。

被附身的我，已经失去人性，只知道去体验血腥和杀戮。

杀了她，杀了她。我听到恶魔在我耳边低语。

我的身躯已经不再受自己的意志控制，我仿佛折线木偶一样，任那个附身的物体操纵着。那个物体，也许是流浪汉，也许，根本只是我内心深处另一个自己。

就这样，我站起身，鬼使神差地举起手中的木杆，那被我用来自卫的工具竟然成了我弑杀的工具。慢慢地，我向那个女孩走去。

等到离那个女孩很近时，我再也耐不住了，整个人冲上前。

女孩听到声音，回过头来，见到猛冲上来的我，她愣住了。

我晃动着木杆，奋力向女孩头上击去。

阴暗的天空划过一声女孩的惨叫。

[明之卷四 · 再起风波]

一

镇长被杀的当天下午，在段一与贾继光商讨完案情后，段一就应周彬轩之邀，来到周家共享晚饭。当他进入周家的宅院时，手表上的时针刚刚指向五点。

周彬轩并没有亲自来开门，引导段一进屋的是一个老太太。段一进屋后，老太太就回到庭院门口旁一个像是传达室的屋里了。

段一在碎石铺就的小路上走着，他的目光没有被假山、池水、雕塑之类的东西吸引，而是一直盯着别墅旁的塔楼看。

塔楼高高耸立，最上方的中央位置还有一个大大的钟表。钟表下方的一块窗户里，段一依稀看到一个正在认真看书的少年。想必这个少年是周彬轩已经去世的哥哥留下来的孩子吧，段一想，是周宝文，或周宝武。

一进入别墅大厅，段一就看到两个没见过的一模一样的女人，正靠着长沙发坐在一起说着话，其中一个手中还忙着针线活。

“啊——你是段先生吧，欢迎欢迎。”一见段一进来，其中一人便站起身来，另外一个做着针线活的女人也慌忙放下手中的活计。

“我是周彬轩的妻子，我叫柳文秀。”未等段一说话，女人便自我介绍起来，她看了一眼旁边的另一个女人，“这是我的姐姐，柳文慧。”

“实在不好意思，又来打扰你们了。”

“哪里，你太客气了。”这次说话的是柳文慧，“彬轩他刚才好像说过，你来了可以直接去书房找他。”

“不用了。”柳文慧的话音刚落，一个浑厚的男中音便响了起来，他走进了大厅。

“周先生。”段一说，“我刚从镇长的家那边过来。”

“怎么样？有没有什么新发现？”周彬轩示意段一坐下来。

段一便在长沙发最旁边的位置坐下了，在他对面，呈弓形环绕的长沙发的另一头，依次坐着柳文慧、柳文秀和周彬轩。段一把今天下午与贾继光对话了解到的内容和大家交代了一下，当然，他省去了贾继光怀疑凶手就在周家的那一部分。

“晚饭要到六点才开始，段先生可以休息一下，我也可以陪你参观一下别墅的其他地方。”聊完案件之后，周彬轩换了一个比较轻松的口气说道。

“我对那个塔楼很有兴趣，可以去看看吗？”段一知道他的这个要求可能有点过分，据他所知，那座塔是柳文慧的儿子——周宝文和周宝武的私人空间，一般不喜欢被外人打扰。

“宝文和宝武这个时间还在学习……”果不其然，柳文慧脸上略有迟疑。

“妈，我们刚刚结束，哥哥想参观就参观吧。”一个语调充满稚气但声音却十分老成的嗓音响起。别墅的门口，进来两位少年，十五岁左右，他们相貌一模一样，五官有着明显的青春气息，但一举一动却莫名老成。鼻梁上都驾着一副眼镜，衣着也相同，都是一身西服质的外套。

“宝文、宝武，你们这么早就结束了？”

“妈妈你真糊涂，今天是周末，家教要提前一个小时走，我们四十多分钟以前就结束了，在房间里又温习了一遍，然后就出来了。”

“今天讲的什么？”

“芝加哥经济学派的反托拉斯法。”

“学得怎么样？”

“妈妈你真是的，跟你讲你也听不懂啊，反正我们肯定都学会了，要是没有学会的话，我们不可能出来的。”

段一坐在旁边，看着母子三人对话着。大概由于教养的原因，周宝文、周宝武这对双胞胎显现得出奇的老成，与大他们好几岁的周隽丽形成了明显的对比。让段一吃惊的是，周宝文和周宝武谈的学习内容，他几乎摸不着头脑，可见，这对年仅十五岁的双胞胎一直接受着不一般的英才教育。

“哥哥，要去参观我们的塔楼吗？”其中一个男孩忽然问段一。

“啊……如果方便的话。”

“当然方便，我们有比周叔叔的书房多十倍以上的藏书！”另一个男孩用炫耀的口气说，这一瞬间，段一才略微看出他们身上的孩子气。

二

在柳文慧的带领和周宝文、周宝武两兄弟的陪同下，段一走出大厅，向塔楼走去。这样的阵势，让段一有点受宠若惊。

“那个大钟看起来挺不错的。”段一由衷地感叹。

“是啊，当初修这个塔楼时，大部分精力花在大钟上。”柳文慧介绍道。

“从装帧风格看，那个钟表应该是机械式的吧？那内部的零件应该挺多的，一旦有故障，修都不好修。”

“不是机械式的，只是为了美观刻意仿作机械式的而已。”柳文慧笑道，“是电子的，内部除了有一个特制的电池之外，没有其他零件了。”话至此时，一行人已经到了塔楼门口。

走进塔楼，是一段盘旋而上的台阶，这让段一联想到了哥特式电影中常见的镜头。他拾级而上，走过台阶的第一个盘旋处后，看到了一道房门。

“这是我的房间。”其中一个男孩走上前，掏出钥匙打开房门，他回过头，看了一眼段一，又补充了一句，“我是周宝文，不要记混哦。”

段一被周宝文的表情逗笑了，他信步走进房间。

果然让段一吓了一跳。

与周彬轩的书房一样，这里的书架也是掏空墙壁后而建的，但是，周宝文的书架却是三面环墙，每一面都摆得严丝合缝，而且都是上下两层。书籍多半是经济学、法学和管理学方面的。宽大的办公桌上，除了有一台电脑以外，又摞了将近一米的书。

书架的其中一面经过了改建，中央镂空处建了一道门，段一打开门，只见那是一间小小的卧室，除了一张床和几个装饰品外别无他物。由此可见，双胞胎的生活环境几乎整日都被学习充斥着。

段一看了看柳文慧和两兄弟，发现两兄弟正用得意的目光看着他，他们两人所言不虚，这里确实拥有超过周彬轩十倍以上的藏书。

从周宝文房间离开后，段一又顺着台阶盘旋而上，在上面一层见识了几乎一模一样的周宝武的房间。同样是小小的卧室加大大的书房，书架也是环三面而建。只不过，周宝武的房间有两台桌子，一个是办公桌，桌上有一台笔记本电脑；另一个是电脑桌，桌上有一台家用电脑。

“桌上的笔记本已经老化了，所以又买了一台家用的。”周宝武介绍道，“但是，因为不想被电脑占据学习的位置，所以又设了一个电脑桌。”

段一实在是被两兄弟的相似之处吓到了：不但外貌、声音、习惯、性格都近乎一样，连房间的装饰都基本上相同。这也难怪除了柳文慧以外，其他家人无法分别他们两兄弟。

段一打开房间的窗户，把头探了出去。

这里的视野非常开阔，基本能看到大半个小镇。窗户下面几米的位置还有一扇窗户，想必是周宝文房间的，而上面则是塔楼最高处的大钟。

少顷，段一把头缩回来，对柳文慧说：“这里的风景太好了，我真是不虚此行。”

柳文慧笑道：“段先生夸奖了，当初建这个塔楼，主要是为了督促这两兄弟学习。所以除了设置藏书的地方和视野开阔的窗户外，其他基本上没安排。”

段一点点头：“我已经一饱眼福了，我们回别墅吧。”

一行四人走出房间，再次绕着螺旋式台阶往下走。

一边行走，段一一边欣赏着弧形墙壁上挂着的几幅画，多半是印象派的，看不清楚画的是什么。除此之外，每隔一段距离都有一扇小窗户。走过第一个窗户时，段一随意地扫了一眼窗外。

忽然间，段一停住了。少顷，段一再次把目光放到窗外，他把头探出去，向下俯视着。

“哥哥，你在看什么？”身后传来不知是周宝文还是周宝武的声音。

段一没有理会，双眸看着窗外，与周宝武房间的窗户相比，这扇窗户面向的位置完全相反。窗外展露出来的，是周家宅邸的后院。

段一一直盯着看的，是后院最外缘处的一段栅栏。尽管段一的视力并不出色，但是，他总觉得那段栅栏的样子略有不同。

少顷，段一猛地跑下塔楼。只留下柳文慧母子三人，面面相觑。

三

段一跑到栅栏旁，蹲下身子，双手在栅栏上摸索着。

与前院相比，别墅的后院明显比较杂乱，这是常年不注重整修的结果。地上已经枯黄的杂草有些钻到段一的裤腿里，他感到明显的瘙痒。但却顾不得这些，双手仍在不断摸索。

终于，段一接触到一处明显的突起，那里的栅栏被地上冒出的藤蔓完全地遮掩了，如果不是反复摸索，很难从外面察觉到。

段一扭动那个突起，只听一道轻微的“啪”声，栅栏变成了一道小门，一道缝隙露出来。段一轻轻推动，门开了。

原来可以从这里神不知鬼不觉地进出周家……段一的额头上有一滴汗液滑下来。

此时此刻，柳文慧母子三人跟着段一赶到了后院，看到面前这个诡异无比的栅栏，三个人呆住了。

“你们知道这里有这道小门吗？”段一问。

“不知道。”三人几乎异口同声。

“后院常年无人靠近，这不可能是我们故意修建的。”柳文慧又补充道。

段一站起身，横跨过后院的杂草丛。现在在他对面的是塔楼的后墙，塔楼旁则是别墅，二者之间有个一米多宽的过道。

段一信步从塔楼这边走到别墅这边，双眼一直四处张望，似乎在搜寻着什么。最后，他的目光停在了别墅后墙的一个角上，那里竖着一扇不足一米高的小门，由于底部被草丛覆盖了大部分，所以刚才段一在远处没看到。

“这个门是做什么用的？”段一问。

“以前是个储藏室。”柳文慧回答，“但是已经很久没用了，估计里面只有当初刚建好别墅时剩下的建筑材料。现在我们的储藏室在别墅二层的一间屋子里。”

“你有钥匙吗？”

“这得回别墅去找，需要去拿吗？”

段一不置可否，走上前将那扇小门下面堆积的草丛拨开，他赫然发现：小门露出了一道缝。

“时间太久了，门锁锈掉，门断开了。”段一一边检查着门，一边说，“这么一来，根本不需要钥匙了。”

说罢，段一推开门，猫着腰钻进旧储藏室。

里面确实如柳文慧所说，只摆放着一些堆满灰尘的红砖，还有一摞折叠整齐的编织袋。

少顷，段一从里面出来。

“有什么问题吗？”问话的不知是周宝文还是周宝武。

“没有，果然只有一些废弃的建筑材料。”段一摇摇头。

“吓了我一跳，我还以为有人利用栅栏的小门在秘密进出这个房间呢。”柳文慧长舒一口气。

“你说对了。”段一眉头紧锁地答道。

“什么？”柳文慧的声音猛地一抖。

“我刚才检查过小门，门边缘的灰尘与墙上的灰尘是断开的，换句话说，最近有人来过这里。”

四

段一、柳文慧、周宝文、周宝武一行四人回到前院时，正看到叶月佳、周彬轩二人走出别墅。叶月佳一身运动装打扮，不算太长的头发在后脑勺竖起来，与她这个年纪十分不搭，背上还背着一个小巧的运动包。

“叶女士，要出门吗？”段一问，“不是马上就要吃晚饭了吗？”

“呃……有点事。”叶月佳一脸尴尬，她支吾道，随即就向庭院门口走去，步速极快。等走出庭院，很快便响起汽车发动的声音。

“奶奶是要去健身。”说话的不知是周宝文还是周宝武，还没说完，两人就忍不住“哧哧”地笑了起来。

“怎么了？”段一不明就里地看着周彬轩，“为了健身，连饭都不吃了吗？”

“她已经早我们一步吃过了。”周彬轩介绍道，“妈妈有比较严重的脂肪肝，但她不喜欢吃西药，所以听从医生的建议加大运动量。每周都有固定的三天，她要去跳健身舞。”

“哦……我还真没注意到镇上有像模像样的健身地点呢。”

“她不是去找教练，而是去我们公司镇上的厂房，那里有一个闲置的房间，她去那里自己跳。”周彬轩说，“妈妈害羞，所以不想让别人看见。”

“既然没有固定的时间，为什么不跟家人一起吃完晚饭后再去？”

“妈妈很怕黑，天色再晚一点，她就没勇气去了，更何况，最近又发生了太多的事。本来她是打算在白天锻炼的，但是镇长被杀一事让她一整天不敢出门。一直到刚才，她担忧刚养成的习惯会被打破，所以才强打精神要去……”

段一强忍着没笑出来。如果是因为怕黑才早出门，那跳完之后，不还是得在黑夜中回来？叶老太太真是傻得可爱。从这一点来看，她也与自己的哥哥叶国立有某些相似之处吧。

“我们不要说她了，现在已经六点了。”周彬轩看了一眼塔楼上的大钟，“我们去吃饭吧。”

“栅栏和旧储藏室的事情怎么处理？”身后有一个声音问道，段一这次仍没区分出说话的是周宝文还是周宝武。

“什么栅栏？什么储藏室？”周彬轩面露疑惑。

“嗯……”段一清了一下嗓子，“我们边吃边说吧。”

五

长方形的餐桌旁坐着十一个人，除了外出健身的叶月佳之外，周家现有的人都凑齐了。这些人包括那对迷迷糊糊的双胞胎老人周培鑫和周培增，两位老人的哥哥，周洪生和周岳生，周岳生的儿子周彬轩，儿媳妇柳文秀，以及现在守寡的儿媳妇柳文慧，周彬轩与柳文秀的女儿周隽丽，以及柳文慧所生的双胞胎儿子周宝文和周宝武。第一次看到四对双胞胎共餐，段一感到一种莫名奇妙的新鲜感。

一边吃着东西，段一一边叙述他刚才在别墅后院的发现。

众人皆沉默不语，甚至连一直聒噪无比的周培鑫、周培增两位老人也十分罕见地没有说话。如小孩般天真的周隽丽也只是忽闪着大大的眼睛，怔怔地看着每一个人。

“明天一早，我找人把那个栅栏封住。”良久，周彬轩提出了一个极为粗糙的建议，但没有人应和。

段一此时忽然觉得面前的佳肴索然无味，他随便吃了几口就放弃了。

晚饭就在这种沉闷的气氛下匆匆结束。

周彬轩没有在大厅里逗留，他站起身，准备回书房。

“周先生。”段一忽然叫住了周彬轩。

“嗯？”

“我瞧你们用的餐具挺别致的，很值钱吗？”

“没什么特别的，只是一般的餐具而已。”段一竟然在这种紧张的环境下，问了这种无关紧要的问题，周彬轩觉得有点莫名其妙，“你问这个做什么？”

“没什么，既然不值钱，就送我两套吧，我觉得挺好玩的。”段一脸上露出了恶作剧般的笑。

“那……你请自便吧。”周彬轩觉得段一在乱弹琴，他没再说什么，径直向自己的书房走去。

饭后，餐桌上的冰冷气氛也一直没有解开。大家各干各的事情。

唯一没有受到影响的是乐天派的周隽丽，她在饭后便换了一身干净漂亮的衣服，头上还戴了一顶与这个季节十分不相符的草帽。

“妈妈，我出去散散步。”周隽丽蹦蹦跳跳地走到别墅的门口，回过头来，娇滴滴地对柳文秀说道，似乎刚才餐桌上得知的事根本与她无关，只是大人们的烦恼而已。

“隽丽，你怎么还有这样的心情！”柳文秀此时正给坐在沙发上的段一斟茶，看到周隽丽这样子，她立马放下茶壶，跟上前去。

已经来不及了，周隽丽打开门走了出去。

“隽丽，我以前告诉过你，这种天气穿成这样会冷的！”柳文秀一边追着周隽丽一边说道。

“妈妈，不要紧啦。”周隽丽笑着说，“现在只是十一月，不会太冷的，我只是出去散散步，消化一下晚饭，一会儿就回来。”

“你这孩子，真是无忧无虑啊！”柳文秀生气地掐着腰，“你舅姥爷和镇长都相继出了事，你怎么还敢随意出去？”

周隽丽努了努嘴，说道：“我总觉得镇长的事未必与我们有关，至于舅姥爷……事实上，除了奶奶以外，大家都因为他被杀一事松了一口气，不是吗？与其关注这些我们并不多在乎的事情，还不如多去想想姐姐为什么会死！我觉得一定是有人杀了她！她肯定不是自杀！”

“隽丽！”柳文秀走上前一步，做出要捂住女孩嘴的样子，结果被女孩一闪而过。

“我要出去了，一会儿就回来。”周隽丽有些生气，她转过身，走出别墅的院子。

“唉……这孩子，真是的。”柳文秀无奈地摇了摇头，随即走回别墅。

六

段一看了看手表，上面的时针已经快走到接近七点的位置，他站起身，对柳文秀说：“夫人，打扰你们这么长时间了，我差不多该回招待所了。”

“段先生，你其实真的不必这么客气，你完全可以住在这里的。”柳文秀说道。

段一正欲推辞，忽然，一阵急促的敲门声响起。

“快开门！快开门啊！”口气的主人带着颤音，似乎受到了惊吓。

段一坐的位置离房门最近，他大跨两步，走上去开门。打开门后，一个面容略显熟悉的老太太站在他的面前，段一想起来了——是住在周家庭院平房里的那个老妈子，她平时负责给周家的访客开门。

最要命的是，老妈子搀扶着一个女孩，她头上的血迹已经污染了大半五官，一身碎花短裙沾着黄土和血滴。段一愣了老半天才反应过来，这人是周隽丽。

“隽丽！”柳文秀见状，疯了一样地冲了过来，一个不小心，她摔倒了，双膝恰好跪在地上。

“姐姐！”周宝文、周宝武此时也在大厅，他们慌了，脸上的稚气顿时显现。

“小姐她……小姐她被人袭击了！”老妈子结结巴巴地说道。

段一从老妈子那里接过周隽丽，将她抱起，然后让她平躺在了长沙发上。只见周隽丽正急促地呼吸着，双眼虽然睁开，但仿佛看不见一样，眼珠子一动不动，四肢还在微微抽搐。

在老妈子的搀扶下，柳文秀勉强爬起来，她一瘸一拐地走到周隽丽旁边，泪水打在了周隽丽沾满鲜血的脸上。

柳文秀再也忍不住了，双手扶面痛哭。

不一会儿，柳文秀的哭声就把别墅里所有的人都吸引到大厅，房间里炸开了锅。

“太过分啦！”“太过分啦！”周培鑫、周培增两位老人在此刻也仍然上演着无聊的双簧剧，但两人却很焦急，手中的拐杖都在不停地敲打着地面。

此时此刻，作为一家之主的周彬轩来到大厅，他不问原委，二话不说就冲上前，抱起周隽丽：“帮我开门，我要送她去医院！”

这时，“哗啦”一声，一张椅子重重地摔在地上，刚才坐在上面好端端的周洪生，此时正躺在地上。

“隽丽……隽丽……”周洪生嗓门沙哑，一遍遍地重复着周隽丽的名字，只见他嘴唇发青，面无血色，苍老的脸上堆积的皱纹在不断地打战。

“伯父！”柳文慧和柳文秀两姐妹冲上前，将瘫倒在地的周洪生缓缓扶起来。

“伯父他心脏病复发了！”周彬轩嘶吼着，“快！我们一起，去医院！”

七

在众人合力之下，周洪生与周隽丽祖孙二人被送到了医院。镇上就只有这么一家正规医院，值班的医生也不算多，同时送来了两位病患，这家小医院顿时忙碌起来。周家的成员们也忙得不可开交，他们在简陋的病房里进进出出，不知情的人把他们当成了医院的护工。

除了段一和周彬轩以外，到医院帮忙的还有柳文慧或柳文秀，之所以说是“或”，是因为当时在慌乱中上车时，段一实在没看清楚她是双胞胎姐妹中的哪一个人。另外，周彬轩的父亲周岳生也执意要来医院，周彬轩执拗不过，只得同意。周家的其他人也都想过来，甚至连迷迷糊糊的周培鑫、周培增都想来医院，但大家还是被要求乖乖待在家里。

周隽丽、周洪生两人送进病房后，段一给老李打了个电话，十几分钟后，老李赶到了医院。

段一把大体情况跟老李说了。老李看着坐在段一旁边的周岳生，他一脸疲态，肩膀瑟缩，仿佛瞬间老了很多。“这次连您老爷子都惊动了啊……”老李低声唏嘘道。

“真没想到我们周家最近会发生这么多变数。”周岳生低着头，喃喃地说道，“希望老天爷能保佑我们。”

段一站在旁边，视线穿过医院走廊尽头，向大厅看去，在那里，柳文慧正在办理住院手续。不对，这个人也可能是柳文秀，段一无法区分她们两个。

办完手续后，柳文慧（柳文秀）向段一这边走来，她先是对老李点了一下头，以示招呼。随即说道：“隽丽伤得不算重，只是缝了几针，医生说，已经没有危险了。”从冷静的言语来判断，她应该是柳文慧，如果是周隽丽的母亲柳文秀，单单缝几针，就已经心如刀割了。想必是为了防止情绪失控，柳文慧才强迫妹妹不要来医院。

“洪生呢？”周岳生问道，语气焦急，看来，比起孙女，他更关心自己的亲兄弟。

“伯伯的心脏病不严重，已经控制住了，这次只是事发突然，才导致发病，已经没有事了。但是医生说，要住院观察一段时间，我刚才给他们两个办了住院手续。”

“过两天把他们转到省城的医院吧，咱们镇的医院太简陋了，我不放心。”周岳生说。

柳文慧微微地点了一下头。

“那个……”段一欲言又止。

“嗯？”柳文慧看了一眼段一。

“现在周隽丽意识清醒吗？她有没有讲事件的经过？知道是谁袭击她吗？”段一问。

“刚才缝合完伤口时，隽丽意识挺清醒的，现在已经睡过去了。她那时候说，袭击她的人是个流浪汉。”柳文慧回答，脸上充满了疑惑。

“流浪汉？”段一的眉毛向上挑了一挑。

“是的，你也知道，她是今天吃完晚饭出去散步时被袭击的。”柳文慧低着头，慢慢地回忆道，“临出去时妹妹就跟他说过……镇长都已经被杀了，家里也发生了这么多事，外面不安全，可是隽丽不听，结果就……”

“流浪汉……”段一手托下巴，低头思忖着，一提到“流浪汉”，段一首先想到的就是刚来小镇时在大街上看到的那个浑身散发着臭气的人。

“这个小镇有几个流浪汉？”段一问老李。

“不知道。”老李咬了咬下嘴唇，说道，“镇上虽然很小，但大家都不会专门去留意流浪汉，我只知道有个身上很臭的流浪汉，每次我们见到他都绕道走。”

“这个家伙我刚到小镇上时也见过，他有固定的露宿地点吗？”段一又问。

“听镇上一些闲人说，经常在山头的破庙里看到那家伙，这么看来那里应该是他比较固定的‘住所’。”

“这么说，我们有必要上山去查查看。”

“对了，周隽丽被袭击的事有没有告诉叶女士？她现在不是还在外面跳健身舞吗？”段一忽然问道。

“对啊，我都把这事给忘了，我马上打电话。”柳文慧掏出手机。

“不行！”周岳生忽然怒斥一声，吓得柳文慧双肩一阵瑟缩。

见段一和老李露出惊讶的表情，周岳生解释道：“我太太她的心脏也不太好，而且她人本来就很胆小，现在一个人在外面。如果把这些事告诉她，她会不安的，还是等她回家后再慢慢讲给她听吧。”

周岳生说完后，大家忽然陷入了沉静，段一、老李、柳文慧三人面面相觑，周岳生则独自低头，似乎在为哥哥、孙女和老伴烦恼着。

“段一。”老李捅了捅段一的腰，低声耳语道，“我觉得我们有必要马上赶到山头去看看，否则歹徒有可能连夜逃走。”

段一想了一会儿，点头认可道：“有道理……你赶快联系几个人，我们马上就去。”

段一话音刚落，一阵急促的手机铃声响起了。

“喂？”柳文慧接听了电话，“嗯……嗯……哦……我知道了，你别管了，我们这就过去，你和宝文、宝武以及叔叔他们好好待在家中。”在接电话的过程中，柳文慧的表情越来越僵硬。段一注意到，她的瞳孔在放大，嘴唇也微微发着抖。

“爸爸！”柳文慧挂断电话，焦急地看着周岳生，“刚才妹妹打来电话，说妈妈刚才跟家里联系过，今天很疲惫，想提前结束回来。妹妹怕妈妈一个人害怕，所以没有提家里的事，但是……”

“但是什么？”周岳生紧张的双腿猛一蜷缩。

“妈妈话还没说完，忽然间发出一阵惊呼，之后，她的手机好像掉在了地上，接着怎么呼喊她也没反应了……我刚才跟妹妹说，我们这里离妈妈锻炼的厂房更近一些，我们会过去看情况，让她在家里照顾好宝文、宝武和迷迷糊糊的两个叔叔……”

“那还不快去！”周岳生的手猛敲一下椅背，站起身来。

“爸，我们两个人过去！”周彬轩从走廊尽头跑过来，显然他听到了刚才柳文慧的话，“让嫂子在这里照顾隽丽和伯伯，快，我去开车。”

段一对老李使了一个眼色，老李心领神会，拿出手机拨下了派出所的号码。

八

几分钟后，段一、老李、周岳生、周彬轩四人坐上了轿车，往目标地点疾驶而去。另一方面，老李联系了派出所后，四位警员也从另外一个方向向目的地驶来。

周彬轩开着车，像疯了一样在几乎没有行人的街道上全速行驶，段一坐在副驾驶，一路上，汽车的颠簸丝毫没有打乱他的思考。

这到底是怎么回事？段一静静地想着。

两人被杀，一人被袭击，现在又有一人不知发生了什么事故，做这一切的到底是谁？真的是那个流浪汉吗？如果他是凶手，他做这一切又有什么目的呢？而且，从周隽丽被袭击到叶月佳出事，如果两件事是同一人做的，从时间上看，这种行凶计划安排得也未免太“紧凑”了。

只有两个可能。

第一个可能是，根本就是有两个毫无关系的人在分别行凶；另一个可能是，被袭击的周隽丽或叶月佳是意料外的案件，本不在凶手计划之内。

“妈妈……妈妈你千万不要出事啊……”段一正思考时，周彬轩则带着哭腔自言自语着，方向盘被他紧紧攥住，仿佛要掰断一样。

“没事的，一定会没事的……”坐在后座的周岳生也在喃喃地自言自语。

没过几分钟，车转过一个弯后，在周家公司的厂房门口停了下来，几乎同时，一辆警车停在相反的方向，八个人先后从车内下来。

段一抬头观望眼前的这个小小的厂房：它由一个仓库和三层办公室组成，现在已是深夜，整个厂房里一片黑暗。

“没有人啊……”不知哪个警察说了一句。

“我们进去看看！”老李对赶过来的四个警察挥了挥手，他下意识地拍了拍腰上别着的手枪。

“这么重要的地方，为什么没有安排传达员？”段一问周彬轩。

“只是觉得没必要而已……”周彬轩解释道，“毕竟周围都是低头不见抬头见的镇民，一般不会发生偷窃。”

此时的老李已经掏出枪，步伐轻快又小心地向前走去，另外四个警察紧跟其后。

段一迟疑了一会儿，依然跟上前去。

“段一，你不要跟过来！”老李拦住段一，说道，“你毕竟不是警察，里面有什么危险还不一定呢。”

“可是，我……”段一稍微迟疑了一会儿，老李一行人已经自顾自地走到了办公室的门前。

“我还是得过去看看。”段一下定了决心。

“不，不行！”其中一个警察再次阻拦段一。

“让他过来吧。”这时，老李的声音从远处传来，他似乎已经收起了枪，手中只拿着一个手电筒。

段一愣了愣，向老李手电筒的光源处看去。

老李知趣地闪开身子，让地上的东西更清楚地显现在段一面前。

段一看清楚了：那是叶月佳的尸体。

此时此刻，周岳生与周彬轩父子也都跟了上来，看到地上的尸体，周彬轩猛地瘫倒在地，随即发出了响彻天际的哭喊。

[暗之卷四 · 毡房之乱]

一

又一个夜晚过去了，初升的太阳照在身上，一如既往的暖洋洋，我却一点没有轻松自在的感觉，身心依然沉浸在昨晚我做的事中。

我到底怎么了？

我竟然会去袭击一个完全不相识的人……而袭击的理由竟然只是为了……体验杀戮的快意？

难道我当时真的是被灵魂附体了？

我想我一定是病了。这几天来，我一直在跟踪流浪汉，一直在关注镇上发生的连环杀人案，我想我一定是积攒了太多无法宣泄的压力，再加上对流浪汉极强的好奇心，在这些元素的综合作用下，我的神经发生了暂时性的短路。

一定、一定是这样的……

可是……

昨晚我手持木杆袭击那个女孩时，那种刻骨铭心的快感还萦绕在我的心中，这种体验是那么的真实……

那一刻的感觉，简直比在饥饿时吃到一只香喷喷的烤鸭，抑或捡到从天而降的数不清的黄金……比这些都要爽快，都要让人兴奋。

难道连这种感觉，也都是假的吗？这真的只是我在压力和恐惧的双重作用下所产生的错觉？而不是我内心的血腥欲望积攒多时，爆发出的一种真实的表现吗？

“不是的，不是的，这绝对不是我内心真实的写照，一定只是一种错觉而已……”我把双手插进杂乱的头发中，低着头，反复地嘟囔着这句连我自己都不相信的谎言。

少顷，我听到一阵零散的脚步声从破毡房外传来，从声音来判断，绝对不止一个人。我吓了一跳，一般来说，除了山上的流浪汉和我之外，不太可能会有人到这里来才对。于是，我赶忙猫着腰走到窗户旁，透过窗户破开的一条小缝向外窥视着。

有五个人出现在山腰的路口上，其中有三个人身穿警服，另外两个人的样貌则依稀觉得有些熟悉。

对了……是那个叫段一的家伙！另外一个被称为队长的人，他的名字叫什么来着……对了，是贾继光！难道他们是来抓我的？

我现在已经无路可逃了。毡房外面是一片小树林，只有现在他们所处的那个路口才可以通向小镇，看来我只能听天由命了。

我一动不动，静静地听着他们的对话。

“段先生，我看你还是别上去了。”贾继光说道，“毕竟我们不了解对方是什么样的人，万一他是那种丧心病狂的杀人魔，你会有危险的。”那个人打量了一下段一略显孱弱的身躯，“说实话，如果真的出现了意外，你不但帮不了忙，还有可能拖累我们。”

“我知道了，贾队长。”段一有些懊恼，但他还是点了点头，“既然这样……那我就在这里等你们吧。”

“放心吧，段先生。”穿着警服的其中一人走上前来，拍了拍段一的肩膀，“我们有四个人呢，不管多么凶猛的人，一定很快将他制服，你就在这里等我们的好消息吧。”

“嗯，好的，老李。”

接着，贾继光一行人继续往山上走去了，而段一则停下脚步，站在原地。

这样看来，这些警察的目标应该不是我，否则，他们没必要继续上山，难道他们的目标是……那个流浪汉！

可是，他们又是怎么发现流浪汉是凶手的？难道流浪汉杀人时被别人目击到了？不可能。流浪汉杀死镇长时，我亲眼看到了整个过程，我可以百分之百地确定，当时现场绝对没有第三个人。

那段一和贾继光他们是怎么盯上流浪汉的？流浪汉一直行事谨慎，除了我和他在周家的同伙之外，这个小镇应该不会再有知晓流浪汉秘密的人。相反，我的行动却一直漏洞百出，昨晚我一时兴起袭击了那个叫周隽丽的女孩，却没有把她杀死，她逃回家后肯定会指控我！可是……为什么在这种情况下，他们依然没有找上门来，反而把目光放在流浪汉的身上？

我想只有一个解释，那就是警察把我们两个混淆了。

警察之所以混淆的原因是，我们都是不起眼的流浪汉（尽管我一直固执地认为，作为拾荒者的我与蝗神庙中的流浪汉还是有本质区别的）。

因为我们不起眼，所以不论是村民还是警察，都不可能会准确地记住我们的面貌，更何况我们都因为长时间没有理发，头发已经遮住了半边脸。因此当周隽丽被袭击，她所能提供的线索也只能是“凶手是个流浪汉”，而警察依照这条线索去查案，村民不可能提供太多的线索，毕竟没有几个人会关注小镇里有几个流浪汉。

虽然小镇固定的流浪汉只有我们两个，但与那位“同仁”相比，我已经算是相当不起眼的了，毕竟这位仁兄既行为古怪又浑身散发着奇臭无比的味道，这样想来，村民记住他的可能性比记住我要大得多。因此当警察问起村里的流浪汉，村民多半会想起一身臭气的他，自然就会把他在蝗神庙的“住址”告诉警察。

在这种情况下，流浪汉不知不觉地成了我的“替罪羊”。

出现了这种情况，我是否该高兴呢？也许我应该偷着乐，毕竟别人顶替了我的罪名，但是……为何我的内心竟然萌生出一种莫名的遗憾？

为谁遗憾？为流浪汉吗？为他即将被捕而遗憾？那个杀人不眨眼的魔鬼有什么值得可怜的？

我的心中接连不断地出现这几个疑问，可我却无法解答，我甚至觉得，从昨晚袭击周隽丽开始，我就已经和流浪汉是一丘之貉。

就是那种血腥、龌龊、疯狂的人。

二

我沉浸在思考中，完全没有再去注意外面，这时，一个推开门的“吱呀”声将我从思维的旋涡中拯救出来。

我随即抬头向门外看去：一个身影正站在门前，是段一。

我当时正坐在地上，看到这个身影，做贼心虚的我立马条件反射般地将身子向后移，屁股摩擦着地上的干草，发出“沙沙”的声音，瞬时间，我感到屁股上一阵火辣辣的疼——似乎是被干草磨破了皮肤。

“你好。”段一低下身子，对我打招呼道。

“你……好。”我一边哆哆嗦嗦地回应着，一边在脑中反复思考着该如何防范这个危险人物。

段一把手放入怀中，掏出一块油腻腻的烧饼，递给我："吃吧。"

这个混蛋家伙，他把我当成乞丐了？我不是乞丐，我是自食其力的拾荒者，不要把我跟山上的流浪汉相提并论。

但是……在这样的情况下，如果我不接受，会看起来很奇怪吧？于是我只好像一个乞丐一样，很不情愿地伸出手，拿起他手中的烧饼，放入嘴中慢慢地嚼着。

说实话，我还真是特别饿，因为流浪汉的事，这几天我一直都没有好好吃饭。

这个叫段一的家伙到底想干什么？我一边嚼着烧饼，一边直愣愣地看着他，内心七上八下。

那个叫贾继光的人已经率领着三个警察上山去逮捕流浪汉了，为什么段一又忽然把目标放在了我身上？是因为无聊，随便走入这个毡房的，还是早有预谋？

他到底……有什么目的？

"相信你也对最近镇上发生的连环杀人案有所耳闻了吧？"段一的脸上堆起笑容，"事实上，昨晚又有案件发生了，不知昨晚你是否曾去过小镇？"

这家伙……竟然在调查我的不在场证明……他果然对我有所怀疑！

"我……我昨天晚上没有去过小镇，一直在这里睡觉。"我刻意用低沉的嗓音说道。

“哦——是这样啊。”段一有些失望地挠了挠头，“那你在这之前有没有在小镇见过什么奇怪的人呢？请你尽量回忆，任何一点细微的事都可以。”

我盯着段一看了几秒钟，然后用力摇了摇头。

他没再说什么，将目光游离在窗外的几棵树上，之后，又把注意力放在毡房内，环视着所有破烂的摆设。

“你……在怀疑我？”不知怎么，我竟然让这句话脱口而出。

“什么？”段一愣了一下，他正参观着整个破毡房，显然没有听到我在说什么。

“你怀疑我是凶手吗？”我毫不犹豫地把这个问题重复了一遍，心中竟然丝毫不感到畏惧。

段一沉默了，他没有直接回答我的问题，只是盯着我后面的墙角看，嘴角微微翘起，脸上浮现出令人莫名其妙的笑容。

我疑惑地回过头，向他注视的方向看去。

当看到墙角上竖着的东西，我的心猛地跳动了一下，甚至全身都发生了痉挛。

那是我昨天袭击周隽丽时所用的那根木杆！

糟糕……昨天竟然忘记把它丢掉！这真是一个致命的大失误！

我不敢再看段一，头尽力往下低着，内心百感交集：我该怎么办？我该怎么办？

我通过眼角的余光看到，段一依然保持着脸上的笑容，他缓缓地向墙角走去。

当他走过我旁边时，我的身子不受控制地猛地颤抖了一下，恐惧、愤怒、悔恨……一瞬间各种思绪交织在一起，我的脑中一片混乱。

段一在墙角前停下来，那根木杆正竖立在他的眼前，只要他拿起木杆仔细看，就能发现上面依稀沾染着的血迹。

怎么办？怎么办？

段一已经伸出手，握住了木杆的一端，就要把它拿起来了。

怎么办？怎么办？

事到如今，只能铤而走险，杀了他！

想到这里，我猛地从干草堆上站起，双手握成鹰爪状，向段一的脖子袭去。

段一有所察觉，他回过头来。

一双深邃的眼睛恶狠狠地瞪着我，他此刻脸上竟然没有一丝恐惧，说实话，在看到这个眼神的瞬间，我有一丝迟疑。准确地说，我有一些恐惧。

不管了，必须要杀了他！

杀人灭口的意识瞬间代替了这种迟疑，我毫不犹豫地向段一的脖子掐去。然而，就在我的双手即将碰触到段一的脖子时，身后传来一阵呼喊。

“段一，你在哪里？”门外传来粗犷的男人的声音。

我慌忙收起双手，扭头向门外看去。

是贾队长和另外三个穿警服的人，此刻他们正站在路口处，焦急地寻找着段一的身影。

我的计划被打乱了。

段一放下手中的木杆，缓缓向门外走去。而我不知所措地站在那里，出了一身冷汗。

我完了……

段一肯定会把我的事情告诉贾继光，我的拾荒者生涯即将结束了，等待我的即将是长久乏味的监狱生活。

我整个人瘫倒在地，双目透过窗子向外看去，只见段一正一步步地向那四个警察的方向走去。我不由得闭上眼睛，内心感到了绝望。

“怎么？这里也有个流浪汉？”贾继光的声音传入了我的耳中，他显然是在问段一。

“是啊，不过他应该与案件无关。”段一说道，“我刚才问过他，他昨晚根本没有去过小镇。”

“这种人的话一般并不可信哦。”贾继光提醒道。

“他身材矮小，手无缚鸡之力，不太可能杀人。”段一说，“而且刚才我已经搜过了这座破毡房，里面没有任何疑似凶器的东西。”

咦?

我没听错吧？

为什么段一会替我遮掩？

难道这个笨蛋刚才没有发现我想置他于死地吗？

我脑中充满了疑惑，尽管如此，我还是在为没有被警察带走庆幸着。

我坐起来靠在窗边，认真地注视着外面的情况，希望再能听到他们谈论的内容。

“山上的流浪汉不是凶手吗？”段一问，“为什么你们没有把他逮捕？”

“那家伙先我们一步，已经逃离了这里。”老李愤愤地向地上啐了一口，生气地说道。

“他逃了？”段一的眉毛向上挑了一下。

“是的。”贾继光无奈地点了点头，“估计是昨晚杀人后连夜逃走的，这么看来，叶月佳应该是他的最后一个目标。”

“你看看这个。”老李举起一个塑料袋，里面放着两个矿泉水瓶和一个坐垫，“这都是我们在山上的蝗神庙里找到的，没有哪个流浪汉会用这种东西吧？”

“这么看来，凶手果然是这个家伙了。”段一说。

“应该没错。”贾继光摘下头上戴着的警帽，“回小镇后我立刻联系县里，在周围布下搜查网络，将这个家伙捉拿归案……不过，说实话，这个搜查的难度相当大，因为凶手刻意用流浪汉的身份掩饰自己的真实体貌特征，镇上的人都对他身上的恶臭敬而远之，这么一来，没有任何一个人知道他的确切样貌。”

“是啊，确实有点困难呢。”段一咂了一下嘴。

事情的发展越来越超出我的预料了……我竟然不知道，流浪汉已经逃走了。而且，在逃走之前的昨晚，他竟然又杀了一个人?

不过，值得庆幸的是，段一没有揭露我的犯罪行为，我袭击周隽丽这件事已经可以神不知鬼不觉地嫁祸给流浪汉了；但遗憾的是，警方已经完全把调查的目标放在流浪汉身上，事实上，还有一个周家的幕后黑手在操纵整件事，据我估计，是这个幕后黑手教唆流浪汉杀人的。

这个秘密除了凶手外就只有我知道了，可是我不想再次卷入事件中，因此我并不打算将这件事告诉警察。

我已经完全与这件事无关了。想到这里，我安心地把后背靠在墙上，长舒一口气。

这时，我看到了墙角上的那根木杆。

这该死的东西……一定要快些把它处理掉，就是因为它，我刚才险些被捕。

想到这里，我站起身，打算将它收起来，正在这时，屋外响起一阵急促的手机铃声。

我回过头，向窗外看去，只见贾继光掏出手机，放在自己的耳旁。

“喂？是哪位？……哦，哦，我知道了……好的，我马上赶过去。”贾继光断断续续地对着手机说道，不一会儿他便挂断了电话。

“什么事？”老李问道。

“段一、老李……”贾继光说道，“我们赶快去小镇的医院吧，周隽丽刚才恢复意识了，医生说她现在的精神状况很稳定，我们可以向她询问案发时的情形。”

“太好了，”老李高兴地握了握拳，“只要从周隽丽那里再提取些口供，我们就能百分之百地确定凶手就是那个流浪汉了，如果她再目击过凶手的长相，那就再好不过了。”

“事不宜迟，我们赶快赶过去吧。”段一建议道。

五人向小镇走去，不一会儿便从路口处消失了，走出了我的视线。

周隽丽已经恢复意识了……

我瞪大双眼，呆呆地看着天花板。

我袭击的那个女孩叫周隽丽……

[明之卷五 · 病房里的回忆]

一

周隽丽静静地躺在病床上，白色的绷带几乎绑住了她额头的大部分，她眼神呆滞，怔怔地盯着天花板。那里有一部分墙皮已经脱落，灰黑色的水泥露了出来，另一部分则藕断丝连地悬挂在上面，白黑交替之间，形成一幅别有风味的抽象画。

尽管感到极度疲劳，但周隽丽不敢睡去，因为一闭上眼，那个疯狂的流浪汉的身影就会在脑中出现，她就会感到不寒而栗。

想到这里，恐惧感顿时袭满全身，她不禁双手抱住自己的身子，努力地控制着身体的剧烈颤抖，病床在她的晃动下不停地发出“吱呀吱呀”的声音。

为什么……为什么会袭击我?

周隽丽怎么也想不明白这个问题。

她只是一个刚刚二十岁的女孩，从来没有树立仇敌，也不可能与任何人有经济上的分歧，为什么会袭击她?

周隽丽得知，昨天晚上，除了她以外，奶奶也被袭击了，但是奶奶已经永远停止了呼吸。

想到这里，她禁不住双肩一阵瑟缩。

尽管周隽丽对奶奶并没有非常深厚的感情，相反，头脑中浮现的奶奶的形象多半是愚笨、固执、偏见，以及对她的娘家亲戚毫无原则地袒护。但奶奶毕竟是二十年来一直与自己生活在一起的至亲，她并非与舅姥爷一样的存在，舅姥爷的死亡其实对她构不成任何实际的影响。但是从今以后的生活中，没有了奶奶，好像她的完整的生命被人捅了一个大口子。

周隽丽把头埋进被子里，不断地抽泣着。

她忽然想到了她的姐姐，想到了那个一年前就撇下自己独渡黄泉的重要的人。在这一刻，她多么需要姐姐的呵护。

姐姐……如果你还在，也许我就不会这么痛苦了……

周隽丽与姐姐两人是双胞胎，但性情却完全不一样，姐姐非常内向、害羞，但是，这丝毫没影响到两人的感情，周隽丽非常非常喜欢姐姐。可或许正是因为姐姐的这种性格，发生任何不舒服的事情，她都憋在心里，拒绝与别人倾诉，直至最后选择自杀。

当听到姐姐自杀的消息时，周隽丽哭成了泪人，虽然大家都觉得，像姐姐这样自闭的人，自杀也是合情合理的。但是，周隽丽强迫自己永远不要相信，她骗自己，姐姐是被人杀害的。

小镇西头有一座小山，山虽然不高，但有个非常陡峭的山崖，那里便是姐姐的自杀地点。

当时，曾有两个清洁工目击到姐姐神色迷茫地走向那里，他们还没来得及走上前去，就看到姐姐跳了下去。

姐姐自杀的那一年，恰巧发生了洪涝灾害，本来，她自杀的那个悬崖下面是一条湍急却不深邃的溪水，但由于雨水过多，上游的大坝被冲开，导致这里最终成为积蓄着厚厚的死水的湖泊。洪涝灾害持续了很久，沿湖的村庄也纷纷受灾，这里最终成了警戒地带。周家只能眼睁睁地守着淹没姐姐遗体的地方，却无法打捞。

半个多月后，湖水褪去，姐姐的遗体与其他七八位在灾害中失踪的尸体一起从谷底淤积的死水中打捞了上来。

也就是从那一刻，周隽丽第一次听说到“巨人观”这个词。她始终没有勇气拿起姐姐遗体变成巨人观的那张照片，她曾经对妈妈要求过，在妈妈拒绝的理由里，她渐渐学会了这三个字。

巨人观。

仅从这三个字的读音和象形，周隽丽就能想象出，姐姐死时承受着极大的痛苦。

如果姐姐还在，她一定能帮到我。周隽丽禁不住这样想。

这时，一阵敲门声打断了周隽丽的思绪。

“我可以进来吗？”声音是那位叫段一的哥哥的，周隽丽赶忙捋了捋头发，将身体靠在床沿，坐起身来：“请进。”

二

段一的身子靠在椅背上，硬挤出一丝笑容。

周隽丽坐在床上，医院里白色的被子搭住她的双腿，她两手交叉着放在被子上，头低着，长发从耳朵后面划下来，将她的半边脸遮住，尽管如此，段一还是能感觉到她的脸色不好。

段一怔怔地看着面前这位刚刚从昏迷中苏醒的女孩，娇小的身躯，吹弹可破的皮肤，宽松的睡衣依稀勾勒出苗条的身材。

段一不禁叹了口气。

周隽丽只有二十岁，这样的年纪遭遇到这种暴力事件，想必一定在心里留下了很大的阴影。

“那个……”段一咳嗽了一下，准备打破沉默，结果话刚出口，周隽丽就看了他一眼，这让段一吃了一惊，刚刚到嘴边的话又咽了回去。

“我们已经掌握了非常重要的线索，你放心，袭击你的人很快就会被捉拿归案。”少顷，段一还是决定开口，尽管他自己都觉得这开场白太过生硬。

“谢谢。”周隽丽面无表情地回答道。

“但是……这个案子还有一些尚未解开的谜，因此我有一些问题想要问你，你愿意回答我吗？”

“可以。”依旧是冷硬的腔调。

“我能知道你姐姐的一些事情吗？”段一认真地问道。

“我姐姐？”周隽丽第一次抬起头来，她怔怔地看着段一，脸上一片茫然。

“是的……就是一年前自杀的周紫英。”段一知道这种问法很容易让周隽丽感到痛苦，但他实在找不到其他更婉转的方式了。

周彬轩此前详细地告诉了段一有关周家诅咒的事情，但是对于女儿自杀的事却三缄其口。想来也很正常，毕竟对于一个父亲来说，回忆这种事情实在是太过残酷了。但段一有一个预感，他总觉得周紫英自杀的事可能与此次的连环杀人事件有关，于是只得选择在周隽丽身上问出些事来。

“我姐姐的事跟这个案件有关系吗？”周隽丽问。

“我不敢保证，在真相大白之前，一切都只是推测。”尽管段一回答得很含糊，但是，他脸上却带着坚定的表情，仿佛一定要周隽丽非说不可。

“姐姐她……”周隽丽再次低下头，语速极慢地说道，“姐姐她性格太内向了，有什么烦恼都放在心底，所以才会一时想不开……”

“这么说来，你其实也觉得你姐姐是自杀的？”

“嗯，只是当着爸妈的面故意不这样说，也许是自己不愿去承认吧。”

“你知道你姐姐因为什么自杀吗？”

“不知道。”周隽丽毫不犹豫地回答道，“姐姐一直生活在自己的世界里，不管出现了任何困难都自己去解决，出现了任何苦衷都由自己来忍受，从不想依靠父母或朋友，就连我这个双胞胎妹妹也一直无法让她对我敞开心扉。”

“是不是你姐姐小时候受到过什么刺激？”段一不解地问，“要不然，她怎么会产生如此奇怪的性格？你们两人是双胞胎，又在同样的环境中长大，若不是有什么特殊的原因，不至于会在性格上差别这么大吧？”

“具体的原因我说不清楚，但是……我想，姐姐如此自闭的性格大概有一部分原因在我。”

“在你？为什么？”

“我是标准的乐天派，妈妈甚至开玩笑说‘你刚出生时都是笑着从我肚子里出来的’，也许是因为我的性格太过外向乐观，才让姐姐有了自卑心理。”周隽丽拢了拢耳旁的头发，“姐姐从小就要强，她很想在某些方面超过我，而我……由于性格的原因，我总是比姐姐更吸引人注意。而姐姐又自知无法在性格上向我靠拢，只好把竞争的领域放到其他方面，比如念书啊之类的这种能自己完成的东西。结果却因此，姐姐的性格越来越孤僻，最后甚至到了自闭的地步。”

“虽然我察觉出了端倪，但我又没法直接跟姐姐说，对姐姐来说，被别人察觉出内心是件十分打击自尊心的事，于是我只好一直装作不知情。”周隽丽打开了话匣子，虽然谈论的都是沉重的问题，但她已经放松了对段一的戒心，语调渐渐地轻快起来。

“你爸爸妈妈对她好吗？还有家里的其他亲戚呢？”段一进一步问道，他知道，这个问题很可能涉及杀人的动机。

“大家对她都挺好的，特别是爸妈和宝文、宝武两位堂弟。”周隽丽的答案让段一略微感到失望，“但是大家毕竟很忙，宝文和宝武又整日背负着繁重的学业，家里的产业也需要爸爸妈妈去照顾，很多时候都是我们姐妹俩自己照顾自己。”

“这么说，你没有觉得你姐姐被家人忽视了？”

“当然没有，但是姐姐太自闭了，也许陷入思维怪圈的她愣是觉得自己被忽视了，否则我估计她也不会自杀了。”周隽丽叹了一口气，喃喃地说道。

“你姐姐自杀的地点是在哪里？”段一又问。

“小镇头上的那个悬崖，据说是在那里跳下去的。本来我很喜欢在那里玩，但在姐姐自杀之后，我就再也不去了。当时由于洪涝灾害造成打捞困难，姐姐的身体在湖里泡了半个多月……”

竟然让一个轻生的小女孩至死都不安宁，造化真是弄人啊，段一心中一阵长叹。

“段哥哥。”周隽丽的身子向前探去，她盯着段一的双眼，“到底这一系列杀人案与姐姐的自杀有关系吗？”

“这……这个……”段一有些尴尬地挠挠头，“我也只是怀疑而已……我觉得凶手似乎是在为你姐姐报仇。”

“报仇？”周隽丽皱了皱眉头，“可是，奶奶对姐姐不错啊，舅姥爷和镇长叔叔几乎没怎么跟姐姐见面过，杀他们与为姐姐报仇……这也太搭不上边了吧！更离谱的是，我一直那么喜欢姐姐，但我也被袭击了！难道是说我的存在给姐姐造成了痛苦吗?！”周隽丽越说越激动，最后直接哭了起来。

段一吓坏了：“我、我也只是猜测而已……你不要想太多。”

周隽丽的抽泣一个接一个，难以控制住，良久，她才慢慢静下来，双眸已经被眼泪浸泡得通红。

“我还有一个问题。”段一看周隽丽渐渐平静了下来，继续问道，“你还记得袭击你的那个流浪汉的长相吗？”

依照周隽丽的妈妈柳文秀的意思，这样的问题本来是不能问的，因为它有可能会导致周隽丽再度想起恐怖的事。但段一看周隽丽已经打开了话匣子，因惊吓而受损的精神也恢复得差不多了，于是他大胆地问了这个问题。

果然不出所料，周隽丽没有因为再次回忆起昨晚的记忆而情绪失控，她抽了一下鼻子，语速平缓地说道：“那个流浪汉的头发很长，几乎盖住了大半边脸，所以我无法看清他的长相。”

“身材呢？你对他的身材有什么印象没？”段一进一步追问道。

“身材比较瘦弱，属于皮包骨头那种类型的，大概是常年当流浪汉，营养不良的原因吧。”周隽丽推测道，“所以他虽然袭击了我，但我并没有受很重的伤，现在想来，他那一下攻击并没有隐藏力气，只是由于本身力气小，所以没把我打死。”

“他有没有什么比较显眼的特征？”段一提醒道，“比如说，气味？”

“气味？”周隽丽反问道。

“他身上有没有让你很反感的味道？比如臭味？”

“没有，我没闻到过。”周隽丽回答得很干脆。

“啊——我想起一件事。”少顷，周隽丽忽然双手一拍，兴奋地叫道，“我曾经看到过他右半边脸的长相！”

“哦？”段一慌忙把身子凑上前。

“他在袭击我时，我曾经反抗过。”周隽丽说，“我两只手乱抓，因为他头发很长，所以我抓住了他的头发，本来他的头发是遮住脸的，我这么一拽，他搭在脸上的头发有一部分被拽了起来，在那一刻，我看到了他右半边脸的长相。”

“他长得什么样？”段一急忙问道。

“很恐怖。”

“恐怖？”

“是的，他右半边脸上有一个大大的、凹陷的胎记。”周隽丽边回忆边说，“除了双眼以外，这个胎记几乎遍布整个右脸，而且是暗红色的，很吓人。”

“你以前见过他吗？”

“怎么可能嘛，我从来没见过长这么大胎记的人。”

段一不再说话，他手托下巴，静静地思考着。

周隽丽回忆中的流浪汉，身材瘦弱，这与段一刚到镇上时遇到的那个流浪汉的形象是一致的。至于周隽丽所说的流浪汉脸上的胎记，段一当时并没有看那么细致，所以无法判断。但是，袭击周隽丽的人身上竟然没有臭味，这一点，与段一见到过的那个流浪汉有明显差别。这么说来，袭击周隽丽的并不是这个流浪汉，而是……

段一想到了另外一个人，是破毡房里的那个拾荒者。

三

与周隽丽聊完后，段一从病房中走出来。

“她怎么样？”柳文秀一直等在病房外面，见段一出来，她立马走上前，关切地询问着女儿的身体。

“放心吧，她一点事都没有了。”段一安慰道，“贾队长也可以进去录口供了，她完全没事，不会再因想起案发现场的事而发狂了。”说着，段一看了看坐在休息台上的贾继光。

“不过，出现一个意料外的问题。”段一补充道。

“什么问题？”贾继光问。

“据周隽丽所说，袭击她的那个流浪汉身上并没有臭味。”段一说道，“换句话说，从蝗神庙逃走的那个流浪汉可能并非凶手。”

“怎么会这样？”贾继光张大嘴巴，额头上的抬头纹也赫然出现。

“段先生，袭击我女儿的不是那个流浪汉吗？”柳文秀也关切地问道。

“不知道……”段一摇摇头，“现在一切都还没有搞清楚。”

“不管怎样，我先进去录口供好了。”贾继光向段一和柳文秀点了一下头，接着便走进周隽丽的病房。

“段一。”贾继光刚走进病房，一个身影就走过来，段一扭头向呼喊自己名字的方向看去，是老李。

“我是来给贾队长送叶月佳的验尸报告的。”老李说道。

“他刚进去给周隽丽录口供，你稍微等一会儿吧。”段一看了一眼病房的门，说道，“验尸报告的内容，方便向我透露吗？”

“没什么不方便的。”老李大大咧咧地说，“跟叶国立和镇长一样，他也是被钝器反复击打头部致死的，只不过这次程度稍微轻一些，估计是确认对方已死之后就停止了。死亡时间大约在昨晚的七点半到七点五十之间，从案发现场的状况来分析，再结合当晚的具体情况，应该是叶月佳在健身结束之后，边给家里人打手机边走出厂房时，冷不丁地遭到了袭击。案发现场遗留了一部手机，经过检验，上面只有叶月佳的指纹，而根据通话记录，最后一通电话确实是打往周家的，时间也与柳文秀的口供一致。”

“我们调查了周家的人的不在场证明。”老李翻开随身携带的一个笔记本，念道，“案发当晚七点左右，周隽丽被袭击后，就和心脏病发的周洪生一并被送到了医院。除此之外，当时在医院的人还有周岳生、周彬轩以及柳文慧，他们三人的不在场证明有我、你以及医院的所有工作人员证实，所以不可能是凶手。至于其他人——包括柳文秀、周培鑫、周培增、周宝文和周宝武，则在那个时候一直都待在家里，相互之间可以做不在场证明。但是，毕竟他们都是一家人，所以不能排除他们彼此串供、袒护，换句话说，如果凶手是周家一员，则可以缩减到他们五人中的一个，另外四人则是共犯。”

“不，根本没这种可能。”段一说道，“从叶月佳死亡的时间以及那通电话的时间来看，柳文秀是在接到电话后马上联系的我们，如果他们五人存在共谋，难道他们不怕我们在赶往厂房的时候遇见正潜逃的凶手吗？或者说，当时我们要是因为担心柳文秀他们，另派几个人暂时回别墅，那时候，如果负责杀人的那个人还没赶回来，不也穿帮了吗？”段一分析道，“如果五人存在共谋，不可能马上打电话给我们，他们肯定会稍微拖延一小会儿，方便凶手逃离现场。”

“有道理。这么说来……凶手不是周家的人？”

段一嘴巴张了张，没有说出声，老李从他的嘴型判断，那似乎是“但愿如此”。

“富二代的生活也不见得都是轻松荒诞的……”段一唏嘘道。

“对于他们两兄弟来说简直是残忍啊。”柳文秀牙咬了咬下嘴唇，“从很小的时候就几乎不堪重负——我记得，姐姐当时为他们安排的时间是，白天锻炼三次，分别是早上、中午和下午，每次半小时，除此之外，几乎完全是学习时间，晚上虽然可以回别墅与我们在一起，但常常要听姐姐的训话，如果白天的课程没学透，还要加班加点。为了能给这种紧锣密鼓的作息时间及时补充能量，姐姐特意给他们斟酌了三餐，营养充分又搭配合理，简直事无巨细啊……现在想想，这简直是折磨人呐。”

“对于小孩子来说，这种压力确实太大了。不说学习的时间，单是锻炼的时间都太多了……每天一个半小时。”

“这主要是为了防止过于紧张的学习影响身体发育，当时姐姐也考虑到了强度过大的问题，于是有很长一段时间给孩子们增加了饮食。但我当时认为，这简直就是在揠苗助长，你也知道，有时候过于严密的教学方式其实并不能保证有较好的质量。前来辅导他们的家教也一度抱怨过，不知是宝文还是宝武……反正他们两人中有一人，常常听不懂，家教第二天只得再教一次。好歹，这种情况持续到他们年纪较大点的时候，就不存在了，现在两个人真的是成才了，非常优秀。

“这就是我们周家的媳妇，把希望寄托在丈夫或儿子身上，始终是活在男人的阴影之下啊……”柳文秀长叹一声，脸部扬起，面无血色的面颊干巴巴的，显现出一股病态。“我在生女儿时，因为低血糖，一度晕厥，当时，在朦胧中，我隐隐约约地听到公公在病房外对彬轩说，如果女人和孩子只能救一个，以孩子为优先。”

段一怔住了——他无法想象一个心智健全的老人会说出这样冷血的话。在这瞬间，他忽然间感到了这个家庭的荒唐——这只是一个以血缘的名义凝结在一起的没有人性的利益共同体而已。

“你和柳文慧的娘家在哪里？他们对这些事怎么看？”段一问。

“我们俩的娘家以前就在镇上，但大约一年前，小镇里发生了一次洪涝灾害，爸妈的房子被冲垮了，那时候爸妈也……”柳文秀没有继续说下去。

“对不起。”

“没关系的。”柳文秀笑了笑，“爸妈的观点都是‘嫁出去的孩子泼出去的水’，所以对我们的事一点也不放在心上，甚至连他们自己都觉得生孩子是应该的。”

段一不禁感到一阵眩晕，他这才发现，他对乡镇的生活和民俗习惯一点也不了解，只听到柳文秀的片言只语，他都觉得匪夷所思。

“哦——对不起，我好像说太多了。”柳文秀将自己的抱怨一股脑说完后，才忽然意识到她对一个外人说了太多不该说的话。

段一抱以同情的笑容。

“这些事……麻烦你不要告诉我的丈夫和其他家人。”柳文秀战战兢兢地恳求道。

“好的。”段一点了点头。

“那个……”柳文秀眼神慌乱地向四周看了看，“时间已经不早了，我想我要出去给女儿买点吃的了。”她站起身，向段一点了一下头，随即向走廊外走去。

段一看着她的背影，顿时感到心情错综复杂。

在她的背影即将消失的那一刻，柳文秀忽然又转过身来，说道：“段先生，你知道吗？有时候，我真的想死。”说完，柳文秀离开了段一的视线。

段一愣住了。

可怜的女人，虽然嫁给了一个无论事业还是仪表都一等一的男人，但她却不得不永远沦为附庸，她此后的生活，也永远不会为自己而活。

不仅是柳文秀，柳文慧、周隽丽她们也一样，在这个父系家族里，她们永远不会抬起头来。这样说来，早早结束自己生命的周紫英甚至可以说是幸福的。

段一叹了一口气，他忽然感觉自己很累。于是他闭上双眼，打算闭目养神一小会儿。

但周隽丽和周紫英这对双胞胎娇小柔弱的身影却在脑中挥之不去。

[暗之卷五·毒馒头]

一

秋风透骨。我站在阴郁的森林里，两旁的树木一株挨一株，遮挡住天际的星星和月亮。半晌，树枝间一阵翅膀的拍打声，一只黑色乌鸦沿着窸窣的草丛飞走了。

我手里拿着一根棍子，斜眼一睨，发现正是那根柴火杆子。没错，这就是我用来袭击周隽丽的凶器，柴火杆子头上，还依稀沾染着周隽丽的血迹。

“啊——”一阵带着颤音的女声尖叫传来。

我环视着整个森林，寻找着尖叫声的来源。终于，我找到了，在几棵树的纵横交错下，周隽丽的身影隐藏在黑暗中，她背靠着一棵树，脸上满是惊恐，似乎是看到了我的身影，紧接着，她又传来了第二声呼叫。

我拖动着柴火杆子，向周隽丽走去，出乎意料地，她虽然十分恐惧，但并没有转身向森林深处跑去，而是一边疯狂地摇着头，一边呻吟着。

“不要……不要……”

我慢慢走近，终于察觉了她没有逃走的答案。原来，她背靠着的树上伸拉出很多的枝蔓，将她紧紧地困在树上，完全没有办法移动。

“不要……不要……”

我看到，周隽丽的双眼挤出了泪痕。她的身体剧烈地晃动着，枝蔓却将她束缚得紧紧的，有些根刺还陷入了她的皮肤中。

我站在她的面前，慢慢举起了柴火杆子。是的，我决心再次体验嗜血的快感，这一次，我要彻底地杀死周隽丽。

“啊！”伴随着咽喉深处发出的嘶吼，我挥动着柴火杆子再次向周隽丽袭去。

呃……

凶器在离周隽丽几厘米时，我停了下来。

头……头疼……

简直是……神经撕裂般地剧痛……好像，有些不愿想起的痛楚记忆，在拼命地挣脱我的躯壳，正汹涌而出……

我……我不应该这么做……这个女人跟我毫无关系，我为何要袭击她……这一定是流浪汉的魂魄附在了我的身上，我要……我要摆脱他的控制……

我手一挥，将柴火杆子抛到一米多外的地上，然后整个人跪在地上。

眼前的周隽丽，静静地看着我，双眸还在往外涌出泪水。

看着她可怜的样子，我突然也心生一股感同身受的悲哀，我双手抱住太阳穴，整个身子不停地颤抖着。

“对不起……对不起……”嘴里不受控制地喃喃地重复着这三个字。

“对不起……”

二

梦醒了，我睁开双眼，发现眼角上还挂着泪痕。

我站起身，走出破毡房，慢慢地走到旁边的一处小溪，坐在小溪边，环视了一圈周围死寂般的景象，我叹了一口气。

刚才的梦，是我内心在忏悔的结果吗……

我弯下腰，捧了一汪溪水，慢慢地拂在脸上。

溪水依稀映照出我的面庞，我将搭在脸上的杂乱长发拢到耳后，丑陋的、暗红色的半边脸显露在溪水的倒影中。

我慢慢地摸着脸上的痕迹，内心感到一阵痛楚。

昨天晚上，就在我袭击周隽丽时，我被她抓住头发，右半边脸一览无遗地暴露在她的眼前。

由于当时时间紧迫，我来不及迟疑，只是在她头上又重重地砸了一下。我只记得，在我袭击她之前，她看到了我的脸庞，吃惊地发出一阵惊呼。

那一声惊呼，夹杂着气息倒流进她的咽喉的声音，透出源自心灵深处的惊恐以及深深的无助。

苦涩，一种苦涩感袭上心头。

若是以前，我不会对自己的这种容貌存在芥蒂，我甚至认为拿容貌取笑别人是低级的表现，但现在我却不这么想了。从我袭击周隽丽的那一晚开始，我知道了，原来我不但容貌丑陋，连内心也成了彻头彻尾龌龊的人。

我今后该何去何从……

段一与我接触的那次，尽管他与我挨得很近，但由于头发的遮挡，他没有看到我脸上暗红色的痕迹。周隽丽苏醒后肯定跟他说过我脸上的这个痕迹，如果当时他发现了，他就会确定无疑地认定我是凶手，那我就惨了……

好在有惊无险。

溪边一阵微风吹过，我站起身，张开双臂去迎接，微风拂到脸上，我感到一阵清爽。

不要再去想这些琐事了，我在心里劝自己。

不管是那个接连杀人的流浪汉，还是周家尚未被揭露的幕后主使人，抑或是因袭击周隽丽而感到的罪恶感，甚至是自己脸上仿佛朽木那般骇人的痕迹……这一切的一切，统统不要再去回忆了，我只需要把握现在，把握自己的生活。

现在我要做的是……我肚子饿了，我要去镇上找食物吃。

想到这一点，我转过身，向镇上走去。我的脚步故意做出轻快的样子，尽管内心依然在对刚才思考的事情耿耿于怀。

三

我站在镇上的一个垃圾堆旁，猫着腰，发狂般地搜寻着里面的东西，想找出至少一个空易拉罐，或者是仍然可以吃的残羹冷炙，但是双手触摸到的一个个黏黏糊糊散发着异味的垃圾，都一一被我丢在旁边。二十多分钟过去了，我竟然没有找到一丁点儿可以吃的东西。

我懊恼地坐在垃圾堆旁，肚子里发出一阵又一阵地痉挛，我已经饿得眼冒金星了，这几天来，由于一直在关注流浪汉的事情，我的饮食习惯完全被打乱，挨饿简直是司空见惯。而今天，我好不容易决定放弃追查这个事件，打算找东西大吃一顿呢，结果，无情的现实却给了我一个重击。

我直愣愣地看着前方，陆续有几个村民从垃圾堆旁经过，他们都慌忙捂住鼻子，对垃圾旁的我投以异样的目光，我没有理会他们，依然愣着神，不知所措。

好饿啊……

我正犯难时，一个身影走过，接着又掉转过身子，慢慢地走到我的身旁，停下了步子。

我看着他擦得异常光亮的皮鞋，缓缓地抬起头：

这个人头上戴着一顶帽子，厚厚的围巾围在鼻梁往下的部分，身上穿着一件黑色的风衣，整个身躯被风衣罩住，似乎在刻意掩饰身材。我此时正坐在地上仰望着他，所以我根本无法看清他的面庞。

他轻咳了一下，慢慢地蹲下了身子。

我吓了一跳，猛地把身体向后缩，结果头“嘭”的一声碰到了墙上，我禁不住发出一声呻吟。

“呵呵呵……”他笑了，接着，他把手伸进一个随身带着的黑色塑料袋里，不一会儿，掏出了一个馒头。

“吃吧。”他把馒头递给我。

我怔怔地看着他，手慢慢地伸了过去，将馒头捏住。

再一次看到食物，我感到自己的口腔内壁正争先恐后地向外分泌唾液，不一会儿，我已经垂涎三尺了。

“吃吧。”他又重复了一遍。

我真想告诉他，我不是乞丐，我是自食其力的拾荒者。但是，此时此刻，饥肠辘辘的肚子根本不允许我这么做，它在反复地对我教唆：吃了馒头。

我看了看他，接着便缓缓地把馒头放入嘴边，随即咬了一大口，牙齿在碰触到馒头的那一刻毫不停歇地快速咀嚼着，囫囵地吞咽了下去。

我没有停歇，立马咬了第二口、第三口……很快地，我狼吞虎咽起来。

他又笑了笑，不等我吃完，他就已经站起身，离开了这里。等我解决掉这个馒头，把头抬起来时，已经看不到他的身影了。

正当我感到疑惑时，忽然，我觉得咽喉深处传来一股灼热感，我猛地咳嗽了一下，一丝鲜血竟然伴随着唾液从口中喷出来。

怎、怎么回事……

喉咙的灼热感越来越明显，我的双手紧紧地握住衣领，想让自己好受一点，可是无济于事。

好、好难受……

那个馒头，有毒……

我趴在地上，奋力地咳嗽着，鲜血连着浓痰一滴滴地喷薄而出，我感到极端的痛苦，喘不过气来。

慢慢地，我撑在地上的双手无力了，我感到身子一软，整个人软瘫在地。

我、我就要死了……

谁、谁来救救我……

就在我即将失去意识的那一刻，我再次听到了脚步声，我挣扎着抬起头，想向走过来的人求救。

但是，当我看到来者的面庞时，我唯一的希望也消失殆尽了。

来者一袭黑色风衣，厚厚的围巾围在脖子上——正是刚才给我馒头的那个人。

他蹲下身子，从怀中掏出一张纸，慢慢地塞进我破烂不堪的上衣口袋里。此时的我已经失去了一半意识，根本没法理会他所做的事。

将纸塞好后，他转过身，慢慢地消失在小巷里。

我看着他的背影，剧烈的灼热感依然在我口腔中翻腾，意识，一点点地失去……

我死了。

[间章 · 一年前 · 故人]

天际刚刚发亮，整片大地还处在灰色，周紫英就已经睁开了眼。

周紫英没有事先设定闹钟，昨晚也没有刻意早睡，但是偏偏莫名其妙地在这个时间醒来了，而且丝毫没有睡眠不足的感觉。这一切似乎仅仅因为昨晚周紫英做了一个决定，生物钟就自动地调校到了最方便她行动的时间。

周紫英斜眼看了看躺在旁边床上的妹妹，那里，妹妹以最舒服的姿势平躺着，双目乖巧地闭着，微微张开的嘴唇正均匀地呼吸着。

她睡得真香。

妹妹与紫英不同，她从来都不会有失眠的情况。妹妹一直是个乐天派，整天乐呵呵的，根本不知道什么叫忧愁，活泼得令周紫英嫉妒。

尽管两人都已经是上高中的女孩，早就应该分房而住，家中宽裕的经济条件也能满足这种要求。但是姐妹两人仍然习惯住在同一个房间，这主要是妹妹的坚持。妹妹就好像一直长不大一样，每天都需要姐姐的哄逗，而妹妹的可爱之处似乎也正在这里，傻乎乎的惹人喜爱。

周紫英从床上坐起身来，后背倚在床的靠背上，双眸怔怔地看着床边的窗帘。那里，微弱的阳光从两个窗帘之间的缝隙里投射进来，在床上打下了一道白光。白光如此吸引人，以至于周紫英有打开窗帘一窥整个破晓的冲动。

但是，周紫英抑制住了这份悸动，她害怕突如其来的阳光会照醒妹妹，这么一来，她今天要做的事情就有可能被发现。

周紫英掀开被子，缓缓地将衣服一件件穿上，最后，她将套着秋裤的牛仔裤提上，站起身来。趿拉着绣有可爱兔子造型的拖鞋，周紫英慢慢地在房间里踱着步子，她刻意控制了自己的脚步声，以免吵醒妹妹。

徘徊了好几圈后，周紫英终于下定决心走出房间，她纤细的右手放在门把手上，轻轻地转动了一下。伴随着“吱呀”一声，门打开了。周紫英吓得慌忙回头看了一眼睡着的妹妹，似乎微不足道的开门声都有可能吵醒妹妹。

还好，妹妹睡得很安稳，根本没有听见。

周紫英慢慢转过身子，关上了门。

一走出房间，一股不知来源的冷风吹打在周紫英的身上，她不由打了一个寒噤。周紫英抽了一下鼻子，她向四周环顾了一下，见周围死寂般沉静，这才放心地继续迈起步子。她走下楼梯，来到了一楼的大厅。

其实，周紫英知道，按照家里人的作息习惯，这个时间是不可能有人起床的，刚才她的一番不安根本没有必要，但她仍然忍不住提心吊胆的，因为她接下来要做的，绝对不能让家人知道。

周紫英缓缓地在大厅的长沙发上坐下，眼神直勾勾地依次看着家里的摆设：悬挂在墙上的醒目的大屏电视机，垂挂在天花板上的绚丽的吊灯，摆在墙角的两个不同角度的立体音响分机，饮水机中存留的三分之一的水传来一阵“咕噜”声，紧接着，一串泡沫飘到水面。

这一切，这一切的一切，都将看不到了……

想到这里，周紫英的眼角渗出一滴泪水。

在大厅里呆坐了大约五六分钟，周紫英终于下定了决心，她站起身，在不发出脚步声的前提下，以最快的速度走到了大厅的门口。那里，门锁紧闭。

周紫英伸出手，“咔”的一声，门的保险栓被打开了。她这次没有紧张地回头去看，因为她心中已不再犹豫。

前方是我的归途……

破晓之光从门缝里透进来，这情景让周紫英想到了刚才在房间里看到的窗帘，此时此刻，她感到这光芒仿佛在指引她前进。本来象征着未来、希望、幸福、和平的阳光，在这一刻，对于周紫英来说，却变成了引导她走向地狱的路标。

周紫英猛地打开了门，光芒毫不吝啬地闯进来，尽管初晨的阳光不是多么刺眼，但她还是禁不住眯缝起了双眸。

片刻之后，周紫英已经远离了家中，她正失魂落魄地走在小镇一条促狭的巷道上。

低矮的小屋一座挨一座地排列在两旁，歪歪斜斜、扭扭捏捏，墙壁上还时不时地出现各种莫名其妙的涂鸦，一些污言秽语的图画混于其中，周紫英脑海不禁浮现出一种让人难受的恶俗感。

眼前的这些景象，与周紫英家富丽堂皇的宅院形成明显的反差。房屋之间的路口处，不时出现一两个卖早点的摊位，摊位通常由一辆三轮车搭建，冒着香气的锅里有热水滚动着，旁边的小桌子上摆放着一摞包装着白色塑料袋的碗，空气中漂浮着油条和馄饨的香味。

这香味却让周紫英感到强烈的眩晕。

她停下脚步，把目光扭向左边：一位身材臃肿的大婶正拿着一双沾满油腻的筷子，不断地在油锅中挑着滚动的油条。大婶的腰上系着一个围裙，围裙中央一片油黄，只有边缘处还能看出依稀的本色——看到这一邋遢的形象，周紫英顿时感到食欲全无。

她搞不懂，为什么这么多人能在这样肮脏的地方吃得下饭。也许是充裕的富家千金生活让她变得不食人间烟火了，周紫英从来没有在这样的露天摊位上吃过东西。一开始是父母不同意，到后来成为一种习惯后，周紫英便本能地排斥这种东西。

但此刻的周紫英却没有远远走开，她停下步子，怔怔地看着油锅中渐渐由白变黄的油条。不知反复加热过多少次的油花味顺着风飘入自己的鼻孔。

眩晕感再次涌上心头。

她闭上眼，希望能尽快让自己这一时的恍惚散去。

在这之前，周紫英从来没有试过这么早起床，她以为所有人都会像自己家的作息习惯一样：早上七点之前根本不可能出门。然而，此刻，小镇忙碌的清晨迹象打破了她的这一印象，街上充满了形形色色的人，有经营早点生意的小市民，有赶着上早班的上班族，有害怕迟到奔跑到学校的学生，还有手持大笤帚的清道夫……大家都自顾自地做着自己的事，谁都没有注视到站立在小巷中央愣神的周紫英。仿佛身材、相貌都很出众的自己在瞬间成了众人视力中的盲点，没有人在乎。

一直以来，我都是这样的，我是如此的孤独……

周紫英心中袭上一股哀伤，本来内心平静的她忽然强烈地感受到了自己的心跳。

孤独，现在她本该是无忧无虑的年龄，却与这样一个词紧紧联系在了一起。

心中充满了委屈、愤怒、惆怅……却无法大胆地说出来，周围的人中，不论是朋友还是家长，都不能成为倾诉的对象。

周紫英忽然想起了妹妹。

两人是双胞胎，容貌几乎没有任何区别，每次周紫英看着她，都感觉像在照镜子，只可惜，这面“镜子”无法彻底地显露出真实的自己。

除了长相和身材相似外，妹妹的性格与自己完全不同，自己无论发生什么事，都是埋在心底，而妹妹则完全相反，她是个性格外向的开朗女孩。

妹妹待人热情、心地善良，无论她身处哪里，周围都会有一大堆朋友，甚至在很多情况下，妹妹都是这群人的中心。

而自己……想到这里，周紫英低下头，打量了一下自己的衣着与身材，虽然映照在眼前的是那对傲人的胸部，但她从来没有因为自己的身材或面庞产生过任何的自信。

周紫英叹了一口气。

她总是把自己的心深埋起来，无法对任何人敞开心扉。

也正因为如此，她才总是孤独的……

她想要得到的，妹妹却几乎都具有了，比如同龄人的友善，比如异性的追求。

姐妹俩上高中的第一年，竟然发生了同时爱上一位学长的事情。起初周紫英并不知道，她所做的只是每天晚上在写完作业后，偷偷把对学长的思绪记录在日记本里，而在上学时，即使见到学长，害羞的她也从来没有提起勇气说过一句话。而妹妹则完全不同，她竟然大胆地在情人节那天向学长送了她亲手做的巧克力，并且大大方方地告白。周紫英知道妹妹的厨艺水平，那种怪怪的味道根本难以下咽，而巧克力这种需要技艺的东西就更不可能好吃了。但是这没能阻挡学长接受妹妹的告白，尽管这段恋情在学校反对早恋的高压政策下很快便收场了，但周紫英仍然为此事嫉妒了妹妹好一阵子。

平心而论，周紫英不觉得自己比妹妹欠缺很多——至少在外形上没有输给妹妹，不管是相貌和身材，周紫英都有足以自傲的资本。妹妹的身材不输给自己，可是额头上却因青春期的内分泌过度而悄悄地爬出了一层青春痘，妹妹每次都因为这事半开玩笑地向她抱怨。

但是，周紫英却没有妹妹身上油然而发的那种魅力和自信，她觉得自己就是输在这里。尽管大多数情况下，两人都是一起上学、一起吃饭、一起休息，甚至连如厕和洗澡都在一起，但是，在与人交往时，她往往表现得像妹妹的陪衬。通常是妹妹与别人打成一片，谈笑得不可开交，而她只能在一旁一边笑着一边点头。

也正因为这样，在平淡到抓狂的孤独生活里，周紫英开始做一些不可能发生的白日梦，比如白马王子的追求啦，被星探挖掘进演艺圈啦，等等。

现在想想，她的噩梦就是从那时开始的。

就因为周紫英对这些虚无缥缈的事情太过憧憬，而内向的性格又让她完全消息闭塞，她便被一件事带进了地狱——爱慕虚荣的她看到有人向她示好，还以为交到了好运。

想到这里，周紫英禁不住浑身颤抖了一下——她不愿再想起曾经经历的种种恐怖。但这完全没有阻挡得住思绪去追忆那一幕幕让人寒噤的画面。

救命……救命……

不要……

她的身子，已经彻底的脏了。

……那些混蛋，以关心我的名义，将我带到无人之处，然后……我被那几个混蛋困住，双臂被紧紧地握住扣在床边，胳膊几乎都攥出了血，身子靠在柔软的沙发上，但背脊依然不受控制地感受出透骨的冰凉，那一刻——

是邪魔面露狰狞，是淫秽的血迹喷薄而出，是汗液与泪痕交织在一起，发出可怖的腥味……

她哭了，眼泪顺着脸颊慢慢地划到了脖子里。

她不想再去回忆，但情绪却仿佛被打了麻药，强迫着她去追忆那恐怖的点点滴滴。

救救我……

……双腿被一股蛮力狠狠地掰开，男人的那根恐怖的东西毫不留情地顶了进去，那一刻的周紫英，浑身猛地打了一个激灵，随即传来的就是无法控制地持续痉挛。

我的身子已经脏了……仿佛自虐般，周紫英脑中反复重复着这句让自己悔恨的话。

事情发生后，周紫英放弃了向任何一个人诉说自己的苦衷，放弃了任何一种救济形式，她的选择只是——逆来顺受。

从那时开始，周紫英那娇弱的躯体被一次次地压在那群人身下，这些禽兽的五官、令人惊悸的表情、淫荡的笑声甚至每一个可以看到的肌肉的抽动……一切的一切，再也不会从周紫英的脑中消逝。

她尝试去向父母控告，但却实在无法提起这样的勇气。

她也曾多次尝试向妹妹诉说，但话到嘴边又被她咽了回去。甚至有一次，在经历过一番强烈的思想斗争后，她终于说出口，但是，由于过于紧张，声音如同蚊子一般支支吾吾，听不清楚的妹妹便追问了一句。在这一刹那间，周紫英又退缩了——她把话题转移了。

在那段日子里，看着妹妹开朗的表情，听着那无忧无虑的笑声，周紫英几乎感受到了窒息。

无论从哪方面来讲，她都已经比妹妹差了很远，如果把她的这点阴霾告诉妹妹，妹妹会不会看不起我……

在这样的奇怪思维作用下，周紫英自我封闭了所有可以向其伸出援手的途径，独自一人缓缓地走向了地狱的入口。

越做越过火的那群禽兽，越来越肮脏的身体，越来越无法坚持下去的逆来顺受……周紫英绝望了。

我要死。

我不想再活下去了。

大约在一个星期前，周紫英产生了这样的念头。她花了整整一周的时间经历了种种的思想斗争，最终下定决心，今天一早结束自己的生命。

至于地点……

小镇另一头有一座小山头，虽然不高，但山头的背阳面近乎垂直的地形给了周紫英提示。

这是个自杀的好地方……

从这样陡峭的山顶跳下，身子绝对会摔得四分五裂，这么一来，也许我身体的肮脏就不会被人发现了……

此时此刻，行走在这样一条蜿蜒小道上的周紫英，没有对即将到来的死亡产生任何的恐惧，反而有一种憧憬。

死了就结束了，死了就没有了任何的恐惧和遗憾了。

爸爸妈妈，再见。

妹妹，再见。

周紫英深吸一口气，再度迈开步子，她知道，只要穿过这条小巷，再翻过山头，就能到达自己心目中的"自杀圣地"。

这时，周紫英的指间感受到一股难言的失控，心跳也"扑通扑通"地加速，她知道，这不是自己在畏惧，相反，想到自己马上就要“解脱”了，人世间的一切不快都将消失殆尽，她内心产生一种刺激感。

走了没两步，周紫英忽然转过头，看着刚刚注视许久的炸油条的大婶，对方依然一丝不苟地把一根根油条夹进锅中，每根油条都义无反顾地由白变黄，只为填进饥肠辘辘的众人口中。

刚才还因大婶的邋遢感到恶心的周紫英，忽然产生了食欲。

至少，在我死之前，我要尝尝这街边早点的味道。

我不要做个饿死鬼，周紫英想。

我要吃饱东西再上路。

[明之卷六 · 遗书]

一

医院里，在周隽丽的病房外，段一和贾继光站在走廊里交谈着，柳文秀坐在旁边的座位上，手中拿着一个保温饭盒。少顷，她走进女儿的病房，进去给她喂饭。

“我现在有个大胆的设想。”见柳文秀走进病房，贾继光低声耳语道，“周隽丽和已经自杀的周紫英，或者那对整天在塔楼念书的小孩儿周宝文和周宝武，有可能并不是周家的骨肉。”

“啊？为什么你会这样想？”段一被贾继光的说法吓了一跳，他脑中再次浮现出病房里周隽丽柔弱无助的样子，“周隽丽以及宝文、宝武两兄弟，跟他们爸妈长得挺像的，你看不出来吗？”

“但是，如果他们都是周家的亲生骨肉，那诅咒的事情就说不通了。”贾继光说道，“过去一百多年的历史已经准确地表明，凡是打破了生双胞胎的规矩，就会有灾难发生，若是没有打破，周家的事业和家庭就一帆风顺。但如今连环杀人的灾难再次发生了，周家却并没有违背生双胞胎的规则，所以我猜测，有可能周家其中一对孩子并不是亲生骨肉，而是领养的，所以诅咒应验了。”

“贾队长，你还是相信诅咒的事情啊……”段一的右手无奈地往脑门上拍了一下。

“你之前讲的那个英国婴儿猝死综合征的案子很有道理，它虽然能解释周家频繁生出双胞胎的原因，但却解释不了诅咒应验的事情。”贾继光说，“如果连续生出双胞胎只是单纯的小概率事件，那为何每次在没有双胞胎出生后，周家都会发生灾难？这不就是诅咒嘛！”

“贾队长，”段一无奈地叹了一口气，“你以前有没有侦破过利用封建迷信或民间偏方诈骗的案件？”

“啊？”

“有没有侦破过啊？”

“我主要负责的是谋杀案等严重的刑事案件，对这种迷信案子了解得很少。”

“那我给你讲个活生生的例子吧。”段一说，“现在在很多偏远保守的乡镇村落，重男轻女的情况还是很严重的，于是就衍生出一个专门的职业，即出售声称一定能生出男孩的偏方，这类人经常在各大医院的生殖科病房附近游晃，一有机会就向孕妇兜售。”

“找到买主后，他们一般会拿出捏成小球状的药物卖给对方，然后传授一套非常详细的服药方法，除此之外，还会要求一大堆的服药禁忌，比如要求服药期间忌荤腥、忌辛辣、忌房事，等等。有些从事这个的骗子在‘营业’数年后，甚至已经形成了口碑，附近的街坊邻居想生男孩的，就会被人推荐去找这个‘高人’。”

“其实我一直纳闷现实中怎么还有那么多人信这种东西。”贾继光面露鄙夷。

“贾队长啊……”段一重重地叹了一口气，“其实这个问题，跟你刚才说的那个诅咒的情况，是一模一样的啊。”

“啊？”

“我先问你，为什么你觉得不应该再有人上这种偏方的当了？”

“因为这个骗局经不起验证啊。”贾继光说，“如果生男生女的概率是一样的，那么服用了他的这个药物后，最后肯定会有一半人发现被骗的，这一半人就算不举报他，也起码会劝说周围的亲戚朋友不要再上当，那么这种骗子怎么还可能形成良好口碑呢？”

“你错了，贾队长，骗子利用了一种心理机制，让他的药物能百分百灵验。”段一提示道，“你想想，我刚才说了，骗子在出售药物后都会传授一大堆服药的方法和禁忌，这些要求比一般的药物服用过程要复杂和烦琐，你觉得这是为什么？”

“只是为了让自己的诈骗过程看起来更真实吧。”

“没那么简单。”段一摇摇头，“骗子很熟络前来买药的人的心理，这类人受教育程度低，迷信偏方的概率本身就大，对他们来说，如果服药后仅仅因为概率生下男孩，他们也深信不疑是药物发挥了作用，所以对骗子来说，他首先已经获得了至少百分之五十的药物有效比率。”

“对另外百分之五十，骗子的烦琐服药过程就发生了作用。对妇女来说，怀胎十月期间压力是异常大的，而在重男轻女的家庭里，她还得面临来自公公和婆婆的要求生男孩的格外压力，精神高度紧张的她怎么可能做到在十个月内完全按照要求和禁忌去服药。若是最后一旦生出女孩，面对丈夫的责难、公公和婆婆的鄙夷以及骗子的有力辩解，这类人很容易陷入莫须有的自责中——都怪我没完全按要求服药！即便她这十个月都小心翼翼地按要求服药了，在没有生出男孩的情况下，也会因为无助陷入一种自我诘问，‘我是不是有一回没按要求服药，我忘记了？’”

“呃……”贾继光张大了嘴巴，说不出话来。

“因此，骗子利用这类人的心理缺陷，利用‘循环论证’的方式，让他在逻辑上处于不败之地。生出了男孩，就是偏方的功效；没生出男孩，就是孕妇没按照要求服药。”段一轻轻拍了拍双手，“其实，我们生活中的很多误解，都与类似的逻辑有关。”

“再比如，以孕妇为例，在我们生活中有一个很普遍的习惯，孕妇生产后‘坐月子’，但是国外则完全没有，现代医学也并不赞成这种习惯。传统观点认为，坐月子期间应当忌生冷、忌通风，甚至有比较极端的，在夏季让产后的妇女裹棉被、门窗紧闭、不开空调、不洗澡，曾经还发生过因为坐月子导致中暑死亡的案例。

但如果产后孕妇拒绝坐月子期间的诸多禁忌，家里的老人就会百般指责，她们也会搬出悠久的经验证明不坐月子是错误的。”

“这个我听说过，我姐姐生完孩子后，就严格地坐了月子。”贾继光说，“据说不坐月子的人，在年纪大之后会有并发症，比如风湿、腰背酸疼、腿脚发软、四肢冰凉之类的。我的老母亲就曾跟我抱怨过，她在生我时因为没严格坐月子，导致现在经常腰肌无力，干不了重活。”

“那你觉得这种说法有道理吗？”

“有道理吧……年纪大的老人几乎都这样说，而且也有无数的现实案例佐证了不坐月子的危害。”

“你的这个逻辑，就跟你对诅咒的态度是一样的。”段一咂了一下嘴，说道，“这是在硬生生地把两件毫无关系的事情建立起莫须有的因果关系。”

“如果理智地想一下，就会发现腰背酸疼、手脚发软等所谓的由于不坐月子产生的并发症，其实是年纪偏大的人经常会生的病，我们是如何得出它们与没坐月子之间存在因果关系的结论呢？其实，恰恰是‘生完孩子一定要坐月子’这种口耳相传的被深信不疑的观念让我们进入了奇怪的循环论证当中——如果坐月子后身体一直很健康，就是坐月子的成果；如果没坐月子，年纪大后的任何疾病都套到没坐月子的原因上；如果坐了月子将来仍然生病，那就归结为‘月子没坐好’！要是按照这个逻辑，那月子真的要非坐不可了。”

“同样的逻辑，也可以套到诅咒上，不是吗？”段一站起身，在医院走廊尽头的饮水机里倒了一杯水，一大口喝了半杯，“到底是因为存在诅咒，所以发生了灾难，还是灾难一旦发生了，我们就把它归结到诅咒呢？”

“周家在这一百年里，因为没有生出双胞胎而发生的所谓‘诅咒’一共有两次，第一次是周家实，在一次饥民的暴动中受到牵连，周家实和妻女共三条人命受袭击死亡。第二次是现在仍然在世的周洪生，他当年没有生出双胞胎，而是一个女儿，结果在女儿两岁多时，周洪生父亲的双胞胎弟弟周卿月带着这个女孩外出散步时，一场车祸夺去了两个人的生命。

“说句可能有些残忍的话，一个大家庭，延绵五六代人，一百多年的时间，怎么可能不发生点严重的意外事故？如果我们剥离掉它们与诅咒的因果关系，在每一个大家庭里数代人里总能找到一出与之类似的意外事故，那能不能说，我们每家人都被诅咒了？恰恰是‘生不出双胞胎来，诅咒就会发生’的先入为主的观念在周家人中已经成型了，才会把任何意外事故都归结为诅咒灵验。尤其是周卿月和他的孙女的死，案发时，作为‘诅咒之子’的孙女都已经两岁多了，迟到两年多的灾难都可以归结为诅咒，那是不是如果孙女没死，未来一辈子只要有些磕磕碰碰，小病大灾，都会被归为‘诅咒’的原因呢？这个怪异的循环论证的逻辑，难道不是跟我刚才讲的坐月子的问题，是一回事吗？”

“可是……你不能否认，在周家生出双胞胎的日子里，周家的事业和家庭都出人意料地顺畅啊，这不也是从一个侧面证明诅咒存在吗？”

“周家在生出双胞胎的日子里，真的事业家庭都一帆风顺吗？”段一将杯中的水一饮而尽，说道，“贾队长，我不知道你从周家获取的有关诅咒的信息有多少，起码周彬轩在给我讲述相关的故事时，我还是比较认真地做了记录的，而且在那之后，我还仔仔细细地研究了一下，我给你提示几个细节。”

“在周家仓的两个儿子七岁时，由于政局动荡，周家仓举家迁移，路途中，小儿子周胜禄受伤化脓，感染破伤风导致死亡。这件事发生时，周家恰恰是生出了双胞胎的。”段一站起身，将喝水用的一次性纸杯抛进了旁边两米远的垃圾箱里，继续说道，“另外，在十几年前，前往美国开拓事业的周思贤和妻子柳文慧生下了双胞胎周宝文和周宝武，但孩子出生没过几年，周思贤就因为劳累过度积劳成疾死亡，他可一度被周家视为未来的主事人。如果不是他的死，周彬轩先生也不会接管周家的事业。这些事情，一样都发生了不太正常的死亡。我们为什么没把它联想成灾难呢？如果说周思贤的死仅仅牵连到他一人，称不上是所谓的‘灾难’，那么周家仓儿子的死呢？那个时候，全家可是都被逼着迁移了，搞不好从此妻离子散、家破人亡呢！为什么这个就称不上是诅咒？”

“人的思维有一个非常有意思的特点，就是会不断地通过心理印象对客观事实进行‘挑选’，符合自己既有印象的，就选择接受，不符合的，就故意漠视。而且，伴随着时间的发展，这种固有印象会不断加强。”段一分析道，“因此，表面上看来是诅咒影响了周家的发展，但实际上，因果关系是相反的，恰恰是因为对诅咒深信不疑，所以才会在没生出双胞胎时，将发生的事故归因为诅咒；在生出双胞胎时，又会倾向于打断事故与诅咒的因果关系，甚至当不幸真的降临时，脑中还会琢磨‘这种不幸很快就会过去，毕竟我生出了双胞胎嘛’！这就是人心理上的循环论证过程。”

“看来你真是个死理性派，绝对不会相信诅咒的事情。”听完段一的长篇大论，贾继光感叹道，“说实话，我真的没法这么‘清醒’。”

“我记得上次就提醒过你，不要被诅咒的事情遮挡双眼。”段一说，“周家的连环杀人事件，是真真正正的人祸，不是什么诅咒。更何况，在周隽丽被袭击案之后，我们起码有了一个很明确的突破口，就是那个流浪汉。”

“你这么一说，我想起来了，你刚才说袭击周隽丽的人身上并没有臭味，这是怎么回事？”

段一笑了：“流浪汉的事情也是我们在之前的调查中陷入循环论证的一个典型体现。表面上来看，是周隽丽告诉我们袭击她的是位流浪汉，然后我们按图索骥地去查找那个流浪汉凶手；但实际情况却是，我们脑中事先存在着一个我们印象颇深、十分厌恶的小镇流浪汉形象，一听到周隽丽的证词，我们马上就把这个形象拼接为‘罪犯’，并深信不疑。”

“这到底是怎么回事？是不是流浪汉的调查方向错了？如果是这样，通缉流浪汉的布告已经发出去了，我们必须马上收回来。”

“贾队长，你还记得山下的那座破毡房吗？”段一问。

“记得啊……我们从山上下来时，你不正好在那里吗？那毡房的周围堆着不少瓶瓶罐罐，里面好像住着一位拾荒者……啊！”说到这里，贾继光猛地反应过来，他禁不住拍了一下双手。

“其实，‘流浪汉’只是周隽丽对袭击她的人的一种客观描述，她的描述没有错，错在我们太先入为主地把那个身上都是恶臭的人套在这个形象里。不管是拾荒者还是流浪汉，从外表看，应该都没有什么区别吧？”段一说道，“特别是他们两个，头发都很长，衣服都破得不成样子，身材也都属于消瘦型的，根本无法区别开……这么说来，周隽丽口中的‘流浪汉’如果是毡房的那个人，也很说得通吧？”

“这么说来，我们必须马上找到他，那家伙就是凶手。”贾继光正说着，腰间的手机忽然响起。

“喂？我在医院……刚录完口供，哦，哦，知道了……什么？你说什么！？你现在在哪里？……好，我马上过去！”

贾继光收起手机，神色凝重。

“怎么了？”段一问道。

“在小镇一个小巷道的垃圾堆旁，发现了一个流浪汉的尸体。”贾继光脸色苍白地说。

“怎、怎么会这样？”段一也被这突然的消息吓了一跳。

“这小镇就两个流浪汉，山上的那个已经不见了，他没有什么理由再回来，那就只有毡房的那个拾荒者了……”段一推测道，“这么说来，死者是他？”

“应该是的。”贾继光点点头，“可是……是谁干的？犯下这一系列杀人事件的，不应该正是这个拾荒者吗？那他怎么死了？”

“也许……背后另有人在操纵着这整盘棋局。”段一眉头紧皱，认真地说道。

“你的意思是……杀人灭口？”

段一没有说话，只是重重地点了点头。

二

二十分钟后，段一和贾继光依照接到报案的民警所说的位置，赶到了杀人现场。

拾荒者肢体扭曲地趴在地上，在他的嘴边有一小摊血。

“杀人手法确定了吗？”贾继光问刚刚来到的几位警员中的其

中一位。

“是毒杀，刚死不久，报案的是附近的居民。”警员说道，“所用毒物据初步推断应该是氰化物。不过……”

“不过什么？”

“这是自杀。”警员边说边走到警车旁，从里面拿出一个塑料袋，塑料袋里装着一张纸，“我们在死者的身上找到了这封遗书。”

“遗书？”段一和贾继光异口同声。

贾继光冲上前，把塑料袋里的遗书拿了出来，这时段一也已经跟了上来。贾继光看了一眼段一，他慢慢打开遗书。

镇上的各位朋友：

首先我要向你们致以歉意，由于我一人的关系，使你们长时间处于连环杀人事件的恐惧中，如果因此对你们造成诸多不便，还请你们原谅。

我不是一个拾荒者，我只是利用拾荒者的身份来为我的复仇活动进行掩饰。事实上，最近发生在镇上的多起事件，包括杀害叶国立和镇长、袭击周隽丽、杀害叶月佳，这一系列的行动，都是我对周家进行的复仇。

周家事业的成长史完全是一个赤裸裸的掠夺史，他们在事业的初期就大量盘剥农民的利益，慢慢把营销范围扩大后，就不断吞并一些小的企业。我的家庭就是这样被毁的，父亲与周家签订了一个看似公平的合同，但周家却没有履行那份合同，以致父亲投入了大量的资金后，资金链断裂，企业也不得不破产。

父亲承受不住打击，上吊自杀，母亲得知消息后一病不起，三个月后也跟着父亲而去，我的女朋友也离我而去。我原本完美的家庭，刹那间只剩我一个人。

从那时起，我的人生就只有一个任务：复仇。大约在一年前，我调查清楚了周家所在的镇上的大体情况，乔装成拾荒者潜入村里，一直伺机寻找复仇的机会。我留了长发，刻意换上脏兮兮的衣服，花了接近一年的时间摸清了周家所有人的生活习惯，从大约一个月前开始，我的杀人计划真正开始。

我每天下午六点半左右藏在周家别墅的附近，因为周家在这个时间通常刚吃完饭，偶尔有人会外出散步，一旦他落单，我就可以行凶了，我根本没有考虑该杀谁不该杀谁，抑或先杀谁后杀谁，我本来就想要把周家所有人都解决掉。

但是，我等了四五天，完全没有找到合适的时机，于是我决定改换方法。正好在接下来的一天，他们为了给周岳生庆祝生日，全家人都去饭店聚餐，在这其中，唯独叶国立落单了，我就抓住了这一机会，将他杀死。

叶国立死后，我很长时间都找不到杀人的时机，于是我只得转换目标，先把复仇的对象放到镇长身上。

从我在小镇生活的这一年得知，镇长与周家根本就是一丘之貉！他们两家联手，简直就是这个镇上的土皇帝！也许我父亲的那份合同，镇长也参与其中。想到这里，我心中涌出了强烈的杀意。

镇长没有结婚，一直是自己生活，杀死他非常容易。

镇长死了之后，我开始出现失误了，由于已经成功地杀死两个人，我心中渐渐骄傲起来，天真地认为一切都在我的掌控之中，于是在完全没有踩好点的情况下，非常轻率地袭击了周隽丽。但是因为准备得太过匆忙，我竟然没有能杀死她，还使她逃回家中，并把我的众多体貌特征告诉给了警察。

虽然杀死周隽丽的计划失败，我的行迹也已经泄露，但当时我认为，自己死定了，不如多杀一个是一个！于是，我在当晚又到了周家在本镇的厂房，将叶月佳杀死。

回到毡房后，我静静地躺在干草堆里，等待警察来抓我。

就在这时，我忽然想到，在山上的蝗神庙里还有一个流浪汉，他跟我一样，都是衣着邋遢，都有一头杂乱的长发，我袭击周隽丽是在夜晚，她不可能看得太清楚，这么说来，我何不来个偷天换日？

于是我在深夜来到了山上，打算趁流浪汉熟睡时将他杀死，再伪装成自杀的样子，结果，出乎意料的，他不在。从蝗神庙的一些摆设来看，他似乎收拾过自己的东西，这么看来，他可能已经离开了小镇。

任何一个流浪汉为了维持生计，都是“流动作战”的，出现这种事一点也不奇怪，可这个事偏偏发生在这个时间，简直就像上天在帮我，于是我布置了一下蝗神庙，把我的一些东西放在里面，装成流浪汉畏罪潜逃的样子，这么一来，我就跟这起杀人案完全撇干净了。

不幸的是，第二天赶到的警察虽然如我预料地搜查了蝗神庙，但我没有骗过另一个人的眼睛，他就是段一。

我第一次看见他时，就被他那双锐利的眼睛所威慑，直觉告诉我，这个人身上具有极强的洞察力和推理能力，我很可能会因为他而遭遇挫折。果然不出所料，段一轻易地察觉出了我的伎俩。

在自杀前，我仔细总结了这一系列的情况，始终不明白我究竟在哪里泄露了马脚，后来我才知道，我输在“气味”上。山上的流浪汉虽然体貌特征与我很像，但他身上却有一样我不存在的东西——让人厌恶的臭味，周隽丽在被袭击后，一定向段一描述过我的特征，当段一问及有没有臭味这一点时，周隽丽的回答肯定是“没有”。

这么一来，我是杀人凶手的事实就无法掩盖了。

我不想被逮捕，与其被抓后强迫我说出自己父母的真实姓名，我宁愿带着这个秘密自我了结生命，我知道，周家得罪的人很多，而且年代久远，就算周家和警察费尽心思去查找这么一个符合我所叙述的情况的家庭，他们也永远无法得到确定的结论。这么一来，我的秘密就能得以保守，我们家族就不会因为我这一个杀人者而遗臭万年。

“一切都结束了。”贾继光合上那张纸，叹了一口气，“段一，你关于流浪汉的推理是正确的，我们确实混淆了两个流浪汉。”

段一不置可否，他转过头问警员：“验尸已经结束了吗？”

“没有，法医还没从县城里赶过来。”警员回答道，“至于已经得出的中毒死亡结论，都是我们警员自己检验现场的结果。”

“我能检查一下尸体吗？”段一问贾继光。

“请便吧。”几天来的相处，贾继光似乎已经完全把段一当成了自己的同事，他脱下手套，递给段一，“把这个戴上就行。”

段一戴上手套，将趴着的尸体翻过来，然后从尸体的脚部开始，一点点地往上摸，似乎在寻找东西。

“段一，你在找什么？”贾继光不解地问道，“案情都已经真相大白了，应该没有什么要找的证物了吧？”

段一没有理会贾继光，他继续自顾自地在尸体上搜寻着东西。

当他的双手移到死者胸前的口袋时，段一愣住了。

三

贾继光看出了段一表情里的不对劲，但无论如何询问，段一都三缄其口，他自顾自地离开了现场，慢慢往周家宅邸走去，而之所以这么做，段一也不很清楚，他只是觉得那里能够给他最后的提示，将案件最为关键的一环补上。

二十分钟后，段一来到了周家，周家宅邸的老妈子给段一开门，段一对她点了一下头，就信步走了进去。

站在水池边的高台上，段一环视着整个周家宅邸。

花花草草在秋风中已然褪了色，一片片毫无生气；假山、雕像耸立依旧，却没有了往日的神韵；别墅沉寂在那里，二楼的窗间依稀能看到几个人影；塔楼上下两层的窗户上，透着仍在刻苦学习的两个少年的影子，塔顶悬挂着的大钟仿佛在为他们计时。

别墅、庭院、塔楼，一切的一切都与第一次涉足这个家族时一样，只是，许多人已经离开这个世界，留下的人，也将与往日相异。

想到这里，段一忽然感到鼻腔里一股酸痛，不知为什么，他竟然有种要哭的冲动。

段一从水池边的高台上跳下来，沿着碎石子铺就的小路，向别墅走去。

一进大厅的门，段一被眼前的景象吓呆了：摇晃着的吊灯上，一根套成环状的绳子垂下，绳子上面吊着一个女人的身体。

段一认出来了：是柳文秀。

段先生，你知道吗？有时候，我真的想死……

柳文秀那天在医院的话语再次浮现在段一脑中。

“夫人！”段一吼一声，猛地冲上前，抱住柳文秀的双脚，用尽全身吃奶的力气，将她缓缓抬起，让她的脖颈脱离粗绳的羁绊。在这一瞬间，柳文秀的整个身体倾倒在地，段一也因为没保持住平衡而倒向相反的方向。

“呼哧……呼哧……”段一喘着粗气，慢慢地从地上坐起来。对面的柳文秀也缓缓坐起，与他四目交接。段一松了一口气：幸好来得及。

“为什么……为什么不让我死！”柳文秀的双眸湿润，披头散发，仿佛一个鬼。

“我知道……柳夫人……我知道你一直不堪重负……”段一双手抱着柳文秀双肩，“但是你没必要寻短见，就算是为了你女儿，你也一定要坚强起来啊！”

“我……女儿……”柳文秀神志不清，双眼迷离，浑身软塌塌的。

“对啊！你不能只活在对已经去世的周紫英的歉疚中，你应该把周隽丽照顾好！只要有希望，周家就不会完，你们也不会完！”慌乱之中，段一随口胡说着，他感觉自己说的好像是电视里的励志讲座。

“可是……周家的诅咒，又一次发生了，我们……已经没有未来了……”

“不会的！不会的！这次发生的连环杀人事件，根本不是诅咒！是凶手干的！我们刚才已经查出谁是凶手了，周家不会再有事了！”

“查出凶手了？”柳文秀的双眼闪过一丝光芒，似乎刚刚脱壳的灵魂终于回来了，“是谁？凶手是谁？”

“是一个拾荒者，跟周家的人无关！拾荒者的家庭跟周家略有仇恨，他就是出于这个目的杀人的！一切都已经结束了。”段一见自己的劝说奏效了，于是赶忙说道。

“都结束了……”柳文秀慢慢站起身来，看着吊灯上悬挂着的那一根绳子。

“对啊……所以，你没必要再烦恼，一切都已经过去了。”段一怕柳文秀再寻短见，他冲上前，挡住了柳文秀看绳子的视线。

“谢谢你，段先生。”柳文秀闪过段一，低下身，扶正旁边的一个歪倒的凳子，双脚踩了上去，随即又踮起脚尖。段一正以为她又要自杀，打算阻止时，只见柳文秀缓缓地把绳子拿下来，收了起来。

这个动作表示，她应该不会再自杀了。段一顿时感到心里的一块石头落了地。

“不要把我今天的事告诉家里其他人，好吗？”柳文秀说道，“我不想让他们担心。”

四

段一从大厅里出来，站在泰山石的旁边，身上有一种不舒服的晕眩感。这段时间，实在发生了太多的事，段一感觉快招架不住了。

先是叶国立被杀，一个月后，镇长也死于非命，之后，周隽丽受到袭击，周洪生心脏病发，落单的叶月佳也被杀害，再之后，拾荒者服毒自尽，柳文秀自杀未遂……

凶手到底是谁呢？真的如拾荒者的遗书所说，全都是他一人所为吗？还是说，另有主谋？

段一脑中逐个过滤着周家现在还活着的人。

首先想到的是那对迷迷糊糊的双胞胎老人，周培鑫和周培增。段一从心底不相信凶手是他们，当然，按照一些侦探故事的惯例，平日傻乎乎的人通常都是胸有城府、心怀不轨的真正凶手，他们的那种疯癫通常是刻意装出来的。尽管段一不相信这种假设，但是，他确实感到这对双胞胎老人行事的怪异。他们那种好似滑稽戏的表现，其实都出现在无关紧要的场合，比如与段一相遇时别墅的走廊，再比如案发现场附近，而且他们的话语中都似乎起到了暗示某些事情的作用。另外，在一些本身就比较严肃的场合，比如段一公布后院暗门时的饭桌上，他们就非常符合时宜地保持沉默了。这样看来，两位老人确实有可能是故意装作疯癫的，并不能完全排除他们作案的嫌疑。

第二个想到的，是两位迷糊老人的哥哥：周洪生和周岳生。作为老人，两人身体都还算硬朗，并非没有杀人的能力。但是，周洪生有心脏病，周隽丽被袭击后，他就心脏病复发了，至今还躺在医院里。如果他是装的，是不可能瞒得过医生的。从这一点来看，他是凶手的可能性低很多。但是，周隽丽被袭击这件事，只是一个小小的插曲，并不能排除袭击周隽丽的人与杀害其他人的凶手不是一人的可能。如果是这样，周洪生仍有作案的嫌疑。

至于周岳生，他的健康状况比周洪生要好，更具备作案的身体条件。而且，死者叶月佳本身就是他的妻子，而叶国立则是他的大舅哥，二人与周岳生的关系比起周洪生来都更进一步，这种情况下，更容易发生矛盾，也就更容易产生杀人动机。但是，周隽丽作为周岳生的孙女，不太可能遭受袭击。但正如前面所说的，也许袭击周隽丽的人与杀人凶手并非一人。

第三个想到的，是周家目前的核心人物，周彬轩。严格地说，他最不可能是凶手，因为就是他本人请求段一侦查周家命案的。但是，一个与前面相类似的疑问是，如果杀死叶国立的凶手并不是周彬轩，而周彬轩迫于某种原因在委托段一之后开了杀戒，是否有这样的可能？虽然叶月佳是周彬轩的母亲，但是，作为掌管公司的核心人员，叶月佳手握的股票确实对周彬轩造成了一些不良影响，从这一点来看，杀人动机也是存在的。

第四个想到的，是这个家庭中最劳累的一对女人：柳文慧与柳文秀。柳文慧失去丈夫后，把所有的精力都转移到两个儿子身上；而柳文秀则始终活在女儿去世的阴影之中。在周家这个父系家庭的阴霾中，这对女人将永远被作为附属品，她们只是传宗接代的工具。从这一点来看，两个人都拥有很充分的杀人动机，但是，作为被长期压迫的两个女人，她们是否真的有勇气去复仇？另外，如果她们有什么仇恨，也应该是直接面对周家人的，然而，被杀的叶国立、镇长、叶月佳都称不上是周家的本姓人。如果不存在特殊情况，柳文慧与柳文秀对于他们应该没有足够的杀人动机。

第五个想到的，是周家原本最无忧无虑的女孩——周隽丽。她可爱、活泼、思想单纯，也许正因为大家都把目光焦注于负有传宗接代任务的周宝文和周宝武身上，她才能一反常态地在这个沉闷阴暗的家庭中保有那种超然的单纯。但是，这种单纯，是否有几分是刻意做出来的呢？如果被杀的几个人真的与周紫英的死有关，那么，深爱姐姐的周隽丽用自己的手替姐姐复仇，也不是什么奇怪的事。但是……段一实在不想相信这一假设，他希望周隽丽的这份单纯是真实性情。

最后想到的，是周家未来的希望，周宝文和周宝武。这对自小接受凡人不可能承受的沉重的学习任务的十五岁少年，无论智商、情商，都大大地超出了同龄人。因此，并不能因为他们年纪尚小就排除他们杀人的可能。但问题是，作为天之骄子，周家的一切将来都必然属于他们，身处这样的优越感中，又有什么动机会促使他们去杀人呢？

但是，不可否认地，这对双胞胎身上所凝聚的谜团最多，比如说，他们常年待在塔楼里生活、学习，除了母亲柳文慧之外，很少有人接触他们，这便为他们隐藏某些东西提供了非常理想的环境。另一方面，除了柳文慧之外，家中其他人是无法区分这两兄弟的，如果他们利用这种便利，计划了某个身份替换的诡计，来协助他们杀人，也并非不可能。但问题是，周家每对双胞胎的不在场证明都是同时同地成立的，这种情况下，根本不可能发生利用身份替换制造不在场证明的情况啊。

到底，凶手是谁呢？

周家的诅咒，到底真的如自己推测的那样，是人的心理缺陷所造成的“心魔”，还是确有其事？

段一正沉浸于冥想中，忽然，一阵钟声响起。

段一看了看塔楼的顶层，是那座大钟。

每次看到这座大钟，段一都感觉它像是周家的象征。从外表上看，它的面积占据了整个塔楼的三分之一；从材质上推测，它死板、笨重，如同整个周家的现状。

大钟继续以单调乏味的声音吵闹着，好似永不停歇。

忽然，段一脑中闪过了一个念头。

难道……

在大钟持续发出的声音中，段一的内心忽然间变得无比沉静。在一瞬间，他似乎明白了所有的事情，洞察了所有隐藏在表象之下的真实。

原来……原来是这样啊……

可是……如果真是如此，真相……将多么令人悲痛欲裂……

我……真的不愿去相信这样的事实……

段一俯下身子，喉咙深处发出令人惊恐的嘶吼，简直就像要把整个七魂三魄都呕出来。

五

当天晚上，贾继光、老李、段一一行人来到周家的别墅，在大厅里，他们把别墅里的所有人都召集在一起——除了仍在住院的周隽丽和周洪生之外——包括周培鑫、周培增、周岳生、周彬轩、柳文慧、柳文秀、周宝文、周宝武八人，都静静地坐在大厅里。

贾继光和段一站在大厅中央，老李则靠墙而站，三人神色凝重，不断地环视着众人。

“各位，今天下午两点时我们接到了报案，在小镇的一条小巷里发现了一个拾荒者的尸体。”贾继光发话了，“经过我们对尸体的检验，确定死者是自杀。在死者身上我们也发现了遗书，遗书中交代了凶手的全部作案经过，包括杀死叶国立、镇长和叶月佳以及袭击周隽丽的详细过程，遗书的整个叙述与我们之前的调查结果完全相符，由此可以确定，此人就是杀人凶手。”

众人没有说话，段一只听到不知是谁长舒了一口气，仿佛如释重负。

“之前我们警方认为山上蝗神庙里的流浪汉是凶手的推测，但是……”贾继光顿了一顿，又继续说道，“在拾荒者自杀之后，我们通过其遗书的内容可以看到，流浪汉是被冤枉的，因此我们立即取消了在小镇周围和县城设下的布告，停止对流浪汉的追捕。”

“可惜的是，拾荒者在遗书中拒绝透露自己的身份和家庭，他只是阐述了由于你们周家故意签订欺诈合同，从而导致了他家庭的衰败，并由此引发了杀意。”贾继光抿了抿嘴，无奈地说道，“我想，对于这种指控，你们肯定不会承认，我们警方手头上也没有相关的证据，所以这件事暂时不会追究。这么想来，这个拾荒者的籍贯和其他相关情况也许永远都要被淹没了。”

“既然真相已经揭开，我们就不会继续待在小镇里给各位添麻烦了。各位的口供我们会总结成文档保存，由于周家的企业在省里有很大的影响力，因此这件案子我们不会对媒体公布太多。另外，死者的那份遗书我已经找人做了复印件，明后天会给大家寄过来。”说到这里，贾继光忽然深深地鞠了一躬，“各位，案件至此已经终结，由于我们警方调查的失误，没能阻止住接二连三的命案，我作为这起案件的负责人，向各位致歉。”

段一站在一旁，面无表情地看着贾继光仿佛作秀般的表演，一语不发。

“这么说来，我们周家终于能回到平稳的生活中去了。”周岳生缓缓地说道，声音仿佛比几天前苍老了很多。

“还有一件事。”贾继光忽然再次开口，“我想我有必要说一下。

“想必大家都知道周家后院曾有一道暗门的事，尽管事后周彬轩先生把那暗门堵住了。但这道暗门是否与事件直接相关，一直令我们警方困惑不已。经过推测，我倾向于认为，那道暗门是伪装成拾荒者的凶手偷偷制作的。

“别墅后院的栅栏尽管很高，但毕竟不是泥砌的墙，行动灵活的人想要爬进来，并非不可能。据我估计，拾荒者在杀人时，需要经常在周家附近观察你们的情况，一旦有人落单，他就能得以行凶。但是，拾荒者的身体非常孱弱，行凶的钝器不可能一直抗在身上，所以，无奈之下，他相信了‘最危险的地方就是最安全的地方’，周家的后院几乎没有人去过。于是，他利用了一个晚上，翻身从后院的栅栏进入，并且偷偷制作了那道暗门。这么一来，他以后进出周家就十分方便了。

“这么做的好处有两个，其一，观察周家人的行动会变得更加方便；其二，他无意中发现了你们在后院荒置的那个储藏室，虽然里面只有废砖和编织袋，但这却无形中为他提供了凶器——用编织袋装上废砖，就是非常好的钝器了。”

“好啦，各位。”贾继光故作轻松地拍了一下双手，“我的意思是，既然这个大胆的凶手曾经长期在你们家后院活动，那难免会发生最糟糕的设想——他可能不仅来到过后院，甚至可能趁机潜入过庭院、塔楼甚至别墅！所以，我打算差遣我的属下在明天一早给周家来一次彻底的‘大扫除’，一方面是查找有没有被凶手偷窃或移动过的地方，以除后患；另一方面，或许这样可以查找到凶手的指纹，如此一来，案件就证据充分了。”

贾继光结束了促狭的发言，等待着众人的反应。

“好的，没问题，那就有劳贾队长了。”周彬轩以一家之主的身份做了回答。

贾继光满意地点点头：“这么一来，我们就先告辞了。”他随即转过身，脚步急促地走出了别墅，紧跟在其后的，是老李和其他警察。

段一走到周彬轩身边：“周先生，这件事终于告一段落了，明天一大早，我就要离开这里了。”

“段先生，这段时间真是给你添麻烦了，其实你多待两天也无所谓的。”周彬轩强打起精神，说道。

“不用了，我也很累，想早点回去。”

“既然这样，我就不挽留了，至于报酬，我随后会打到你的银行卡上的。”

“不用了。”段一摇摇头，“这也不全是我的功劳，警方出了很大一部分力。”

“可是……”周彬轩正踟蹰时，段一为避免麻烦，就快走几步，离开了别墅。

周彬轩叹了一口气，回过头来：大厅内一片寂静，除他以外的七个人呆呆地坐在那里，大家都没有说话。

良久，周岳生的喉头传来了一阵呜咽，周彬轩最先听到了，走上前关切地询问道：“爸爸，你怎么了？不舒服吗？”

紧接着，周宝文、周宝武、柳文慧和柳文秀也相继把目光注视到周岳生那里。

周岳生摆摆手，示意自己没事，他紧紧地闭上双眼，眼角的皱纹顿时深深地陷了进去。

少顷，一行泪从周岳生的眼中慢慢滑落。

[暗之卷六·不眠之夜]

一

夜晚，万籁俱寂，从山上传来的乌鸦的声音让人毛骨悚然。

自从发生杀人事件以来，镇上不知经历了多少个令人心惊肉跳的夜晚，以至于镇上的人在隔天起床后，都会习惯性地互相询问：“昨晚周家谁又死了？”

现在，这种惊慌已经消失殆尽了，村民们都知道凶手已经畏罪自杀，可怕的死亡不会再次降临这个小镇，大家都不由得感到前所未有的轻松。

秋季的夜晚通常都是寂静的，更何况是这种偏远的小镇。尽管晚饭后的街道会略微热闹些，但时间转瞬即逝，大家很快都回到家中，各自忙着各自的事。

时针从七点走到了八点，又从八点走到了九点，街道上的人越来越少，最后变得一片空旷。

尽管周家华美的别墅有精心装饰的花园来点缀，但在这样的夜晚，一样会变得安静，更何况，周家已经连续死了两个人，空气里似乎弥漫着一股久久无法消逝的血腥味。

时针走到了十点，已经平静了几个小时的周家别墅忽然间有了细微的声音。

周家的后院，那个惹是生非的栅栏，已经被周彬轩派人用粗铁丝狠狠地捆了好几下，如今已经不可能进出。但是，这种高度的栅栏，对于有心攀爬的人来说，算不上多大的障碍。此刻，有两个黑影从别墅与塔楼中间的那个狭窄过道里一闪而过，他们双脚急促地走着，鞋踩着地上的杂草，发出“沙沙”的声音，在这寂静的夜晚显得格外嘈杂。

他们的目的地，正是后院的栅栏。

“怎么样？能爬过去吗？”其中一个人问另外一个。

“没什么大问题，借你的肩膀给我用一下。”两个人的声音几乎一模一样。

“这没什么困难的。”对方紧靠栅栏的位置，蹲下身子，“快上来吧。”

另一人步伐轻盈，双脚踩上朋友的肩膀，然后纵身一跃，直接跳到了栅栏的另一头。

“路上小心点，等风声过去后，再联系你。”蹲在栅栏里面的那个人站起身来，说道。

“好的，放心吧。”

此人的脚步轻盈，不到五分钟，他已经远离周家别墅，来到了小镇中央的大道上。在依稀的灯光照耀下，这个人在墙上打下修长的身影。

影子的主人没有任何迟疑，他继续疾步前行，空无一人的道路上，这个黑影仿佛游荡的幽灵。

很快，黑影走出了小镇，在他的眼前是一座海拔不高的小山。

“翻过这座山，就能离开这里了。”黑影忽然自言自语道，他满意地拍了拍搭在胳膊上的包，包里鼓鼓的，不知道里面放了什么东西。

黑影似乎打算在爬山之前先休息一会儿，他在路边一块大青石上坐下来，随即点了一支烟，黑暗里，烟头散发出明亮的光芒。

忽然，黑影听到周围“刷”的一声，他猛地跳起来，正想逃走时，三四个人影已经齐刷刷地冲了上来，不一会儿，黑影就被冲上来的人影扑倒在地。

“混蛋！”黑影的双手不断挥舞着，右手上的包也在空中反复跳动。

其中一个冲上来的人攥住了黑影的左手，做了一个反扣的姿势，只听“咔”一声，黑影随即发出一声惨叫，他的手顿时松软下来，再也没有力气挣扎。

黑影仍在负隅顽抗，他的双脚乱蹬着，但很快被另外一个人按住，现在黑影只有右手还能活动，他将背着的包猛地挣脱开，准备用腾出来的手去反击，但是，很快便被冲上来的另一个人给紧紧地扣住。

被抛开的包在空中划过一个短暂的弧线，包里的东西全飞出来，除了毛巾、杯子等几个简单的生活用品，还有数张纸质的物品，它们被风吹起，飘在空中，是钱。

一张张红色的纸币，在黑夜中仿佛散发着荧光，如同飘忽不定的鬼火。

飞舞的纸币之中，还有一个颜色、大小都完全不同的卡片，等落在地上时，月光恰巧打在上面：竟然是一张照片。

照片上的女孩，乖巧地站立在周家的庭院中，背后正是那块奇异的泰山石。女孩笑着，眼神带着三分忧郁，无法分辨她是周隽丽还是已经去世的周紫英。

一个男人走上前，将照片拣起。

“混蛋！把它还给我！”被制服在地的黑影不断地嘶吼着，他尽力挣扎，但是四肢却被死死按着，一动不动，他只能借助嘴巴吐出的骂语解恨。

男人将照片收起，此时，另外一边的草丛中，也闪出一个人，他对男人低语几句，两人走到黑影跟前。

黑影看清楚了：是段一和贾继光。

“队长，嫌疑犯已被制服！”按住黑影双脚的那个人声调洪亮地报告道。

“现在，让我们看看他的真面目吧。”段一对贾继光笑了一下，接着便迈前一步，用手电筒照亮黑影的脸。

黑影由于灯光的刺激闭上了眼睛，头转向一旁，似乎不愿意让段一和贾继光看到。

贾继光走上前，蹲下身子，怔怔地看着黑影的面庞。

这个人分明是周家的一份子，贾继光曾多次看到过这张脸，但此时此刻，他又觉得这张脸陌生无比，似乎从未接触过似的。

二

同一时间的周家别墅里，每个人各有所思。

周岳生躺在自己房间的床上，在他的床头，摆着一堆看过的报纸，他的头枕在双手上，睁着眼愣神。

“一切都过去了……”沙哑的声音从周岳生喉头传出。

周岳生翻了一个身子，将床头的台灯关上。可是，黑暗中的他并未闭上双眼，两只胳膊卷起一部分被角，双手合十垫在侧卧的脑袋下，双眼却呆呆地看着眼前的白墙。

周岳生就这样静静等待着时间的流动，黑暗中钟表秒针的移动声格外刺耳，就像他激动的心跳声。哒哒哒哒，哒哒哒哒。

书房里，周彬轩呆坐在座位上，双眼看着面前的书架愣神。他很想取一本闲书翻弄一下，消磨消磨时间，但是，现在的他根本没有心思做这些，他脑中只有周家的事业和未来。朦胧中他的眼里依次出现了妻子、父亲、被袭击的女儿，以及已经被杀的母亲。

经过此番磨难，我们周家一定会顺利起来的……他在心中默默念叨着。

不会再有事了。

忽然，书桌上的电话铃声响起了，周彬轩看到，来电显示上是段一的手机号。

周彬轩不敢接。他浑身瑟缩着，仿佛十分惧怕面前的电话。

这一幕，被书房外偷窥的人看到了，她是周彬轩的妻子柳文秀。看到丈夫痛苦的样子，柳文秀实在不忍心打扰，她叹了一口气，向大厅走去。

柳文秀的棉拖鞋抚摸着走廊的地板，发出“沙沙”的声音，轻微而富有节奏。

两个小时前，她刚从女儿住院的地方回来，隽丽各方面都已经好转，只是情绪一直很低落，仿佛失了魂一般，嘴中还喃喃地念叨着几个字。柳文秀靠上去仔细听，才知道隽丽是在喊“姐姐”。

不能让女儿这样子了，我要让她尽快打起精神来，柳文秀想。我已经失去一个女儿了，不能再失去另外一个。

柳文秀走进了大厅，周培增和周培鑫两位老人正并排坐在长沙发上，二人面容憔悴，目光呆立，但是，手里都仍然紧紧地捏着拐杖，仿佛它们已经成为身体的一部分。

“叔叔，你们怎么还在这里？已经很晚了，回房间休息吧。”柳文秀说道。

“等电视节目，很好看的。”

“十一点有……午夜连续剧，很好看的。”

“这么晚……那你们岂不是要整夜不睡？”

“没这么晚，也就到两三点钟。”

“对啊……两三点钟。”

“看完就睡。”

“对……就睡。”

两位老人还是一如既往地玩起了接话游戏，但是，与往常不同，他们的眼神好像死鱼眼睛一样，没有了精神。

“文秀啊，你穿着外套，这是打算出门吗？”

“对啊……打算出门吗？”

“嗯，我去医院，照顾隽丽和伯父，今晚不回来了。”柳文秀如实说出了她的打算。

“去吧。”

“去吧。”

柳文秀点了一下头，向门口走去。她刚打开门，塔楼的大钟敲响了十一下钟声。

钟声在整个庭院里回荡着，也钻进了水池边散步的母子三人耳中。

“已经十一点了……这么快。”柳文慧看着旁边的两个儿子，“到睡觉时间了，回塔楼吧。”

兄弟俩对视了一眼，没有说话，停下了脚步，脸上露出了凝重的表情。

“怎么了？”柳文慧吓了一跳，“我让你们回去睡觉，你们怎么不去？”

“妈妈。”两个男孩异口同声，“你该不会瞒着我们做了什么不该做的事吧？”

“啊？”柳文慧猛地往后退了一步。

“告诉我。”其中一个男孩说，语气不容置疑。“你是不是因为这次的事情……”另一个男孩说，但欲言又止。

柳文慧的眼眶里有一股晶莹晃动着，看着两个儿子这样子，她说不出话来。良久，柳文慧口气中带着颤音，说：“乖，回去睡吧。”

三

深夜小镇的医院里，不少病房还稀稀落落地亮着灯。在第二层楼最中央的一间，是周洪生的病房。

柳文秀看着周洪生把她送来的汤一口一口喝完，这才帮周洪生躺下，并给他盖上被子。接着，柳文秀手脚麻利地把碗筷放进保温桶中，盖上了盖子。

“家里没再出什么事了吧？”周洪生咳了一声，咽喉中仿佛有一口浓痰要吐出来。

“没什么了，放心吧。”柳文秀拿起地上的痰盂，帮周洪生把痰吐出来。

“我去楼下看看隽丽。”柳文秀站起身，提起保温桶，“你要是哪里不舒服，按铃叫护士就可以，我一会儿就回来。”

柳文秀走出病房，轻轻地带上了门。接着，她向下一层女儿的病房走去。

转过一个弯，沿着走廊走到头，接着走到下一层，左手第一间病床，就是女儿的病房。

柳文秀没有敲门，她推门进去，只见女儿正忽闪着两只大眼睛看着自己，那神情好像期待很久了。

“一直没睡觉吗？生病的时候睡觉可是最好的休息哦。”柳文秀刻意用轻快的语气说道。

“我睡不着。”周隽丽看了一眼柳文秀手上拿着的保温桶，“又煲汤了？我没有胃口……”

“没有胃口也得喝。”柳文秀打开保温桶的盖子，先把之前周洪生用过的碗拿出来，之后，又取出一个新的碗，在里面倒上粥，“坐起来，妈妈喂你喝。”

“不，我不想喝。”周隽丽噘着嘴。

“又耍孩子脾气了是吧？”柳文秀一脸的不高兴，“你要是不喝，我从明天开始就不来看你了。”

“啊——我喝。”柳文秀的威胁果然很管用，周隽丽赶忙坐起身来。

此时，一阵轻快的音乐响起，这是柳文秀的手机铃声。

“喂？”柳文秀放下碗，拿起手机，“哦……哦……好的，我知道了，明天早上八点半，是吧？明白了……你放心吧，女儿和伯伯都很好，嗯，嗯，好……我挂了。”

“什么事？”周隽丽问。

“是你爸，他说刚接到段一的电话，要求明天早上八点半在家里召开一个会议，除了你们两个病号外，所有人必须到场。”

“凶手不是已经畏罪自杀了吗？他还要开什么会？”

“据说是有了新的发现。”柳文秀再度端起碗，调羹已经舀起了热腾腾的粥。

“妈妈，明天我也要参加。”周隽丽忽然说。

“那怎么行？你头上还有伤呢！”

“伤口都开始结痂了，肯定没什么事啦！”周隽丽双手合十，恳求道，“求求你了，妈妈，段哥哥说过，这次的事件很有可能与姐姐自杀的事有关，我非常想知道事情的来龙去脉。只要你同意让我在那段时间回家，接下来我什么事都听你的！”

柳文秀看着女儿，无奈地摇了摇头。

四

晚上的行动结束后，段一回到了宾馆，他感到筋疲力尽，随便冲了个热水澡，就让整个身躯倒在并不舒适的床上。

这几天四处奔波，双脚一直处于紧张状态，小腿的筋绷得紧紧的，脖颈也非常酸疼，晃动脖子时，发出一阵阵“咔咔”的声音，段一现在感到身心俱疲。

总算……过了明天，一切都会结束了……

段一长舒一口气。

到那时，我将离开这个给我带来不愉快的回忆的小镇，永远不踏足第二次。

他一想到，贾继光看到凶手真面目时的那种惊讶和恐惧的表情，内心波涛汹涌。对贾继光而言，他似乎完全不能相信凶手竟然是这个人。贾继光像拨浪鼓一样晃动着段一的身体，拼命地让段一解释，急切地想知道这一切到底是怎么回事。

“明天就都知道了。”段一对贾继光说。

这一切的一切，都将在明天揭晓。

段一似乎能看到，周家全体人知晓真相后，那种诧异、痛苦乃至崩溃的表情，但是，这却是一道必须迈过的门槛，是已经遭受过多次诅咒的周家现在所遇到的最大危难。

段一很想跟他们说，打起精神来吧，从诅咒的阴霾中走出来，向着美好的明天前进吧！

但是……

段一似乎能预示到，周家人很难冲破诅咒的心魔。对于这个笼罩在恐惧氛围中已百余年的家庭来说，诅咒简直就是一种深信不疑的信仰。

尽管知道这一结果，段一仍然打算明天做一次尝试，他决定用自己全部的努力，帮周家逃出那莫须有的诅咒。

如果失败了……

这将是一个终生活在诅咒中的家族，他们会深信只要生不出双胞胎，灾难就会跟着他们……每个人都将终生伴随惊悚。

上帝保佑他们，上帝保佑我成功。不信神佛的段一脑中忽然闪过这样一句话。

[明之卷七 · 绝望的真相]

一

橘红色的太阳从雾霾中艰难地爬升起来，新一天来到，经历过暗流涌动的周家别墅，四处弥散着一股诡谲的气氛，似乎在等待即将暴发的大事件。按照昨晚的约定，在周家的别墅里，所有与此案相关的人都聚在一起，等待段一报告所谓的“新发现”。

参与的人除了周家全体成员，还包括负责这个案件的贾继光队长，以及当地派出所的老李，在周隽丽的强烈要求下，伤势并未完全痊愈的她也参加了段一主持的这个会议，而周洪生因为身患心脏病，虽然他本人强烈要求，但段一鉴于他的身体情况，没有同意他参加。

别墅大厅里，大家都正襟危坐，等待会议主持人——段一的到来。

外面的大钟忽然打了一下，这是分针走到“6”那个数字时的声音，也就是说，约定的时间——八点半——已经到了。就在钟声的余韵还未消散殆尽时，大厅的门被推开，段一拖着疲惫的身躯缓缓地走了进来，跟在他后面的是老李和贾继光，以及两个警员。

段一走到大厅中央，坐在了专门为他摆放的椅子上，贾继光和老李则与周家的人员坐在一起。

段一神色凝重地环视着全体人员，当看到头上依然包裹着绷带的周隽丽时，他内心忽然感到一股酸楚。

段一轻咳了一下，他强迫自己镇定心神，说道："各位，现在我为大家解释这一系列事件的真相。不是昨晚所说的那个拾荒者杀人的'真相'，而是，真正的真相。"

熙熙攘攘坐着的人全将目光聚焦在段一身上，看着这些人的目光，段一竟然突然感到紧张，他咽了一口唾液，喉头伴随着这一吞咽的动作微微蠕动了一下，继续说道：

"首先要给大家讲明的是，我刚才所说的所谓'一系列事件'一共包括五件，它们分别是叶国立被杀、镇长被杀、周隽丽被袭击、叶月佳被杀以及拾荒者被杀——是的，拾荒者是被杀的，我们在昨天将其解释为畏罪自杀，其实事实并非如此，我们那样做只是打算让真凶露出马脚。果然不出所料，凶手真的上钩，在昨晚，我们终于顺利地将他抓获。

"但是，如果我直接把那个人叫来给大家看，估计大家会更加困惑，所以，我想，在真正公布凶手的真面目前，还是让我先跟大家解释几个关键问题。”段一接过柳文秀端过来的一杯茶，他畅快地一饮而尽，随即继续说道，“首先要解释的，是周家所谓的‘诅咒’问题。”

“在这之前，我曾经给贾队长讲过两个故事，一个是关于1999年英国婴儿猝死综合征的故事，另一个是诈骗犯如何利用人的心理缺陷，出卖保证能生出男孩的假药的故事。”段一把目光放到贾继光身上，“通过这两个故事，我想向贾队长说明，周家的所谓诅咒，其实不过是低概率事件与人的心理思维缺陷相组合的结果。正是由于‘生不出双胞胎就会有灾难发生’的心理印象先行，导致周家的每一个人都会按照这一标准去衡量周家发生的每一件事。这么一来，只要周家没生出双胞胎，不管发生什么事故，都归结为灾难；如果在生出双胞胎的情况下发生了事故，就又会解释为一时的不利，很快就能过去。这种‘倒果为因’的循环论证心理就是那么奇葩。”

“事实上，本案的发生，就是‘倒果为因’的心理所导致的。如果周家每个人并不相信虚无的诅咒，其实这一系列案件不会发生。”

“段先生，你如何理解周家的诅咒，我并不关心。只有作为周家的一份子，生活在周家的环境里，才能亲身体会到诅咒对我们每一个人的影响，你把它解释为我们的心理缺陷造成的，这根本不可能。”周彬轩打断了段一的话，他脸上略有不快，很明显对段一所谓诅咒的解释并不买账，“另外，你说我们周家发生的一系列杀人事件，正是由于坚信诅咒才导致的，这也根本不可能。我们周家现在生出来的都是双胞胎，按理说不应该存在诅咒啊。”

“你注意到我刚才强调的关键词了吗？‘倒果为因’。”段一一字一顿地念出了这四个字，“我的意思是，周家一系列不幸的发生，是因为某个人坚信周家的诅咒要灵验了，所以出于避开诅咒的考虑，事先做了一些不可告人的安排，然而，恰恰因为这些安排，才为悲剧埋下了种子。换言之，并不是诅咒灵验导致悲剧，而是某人对诅咒深信不疑的一系列举动，诱发了所谓的‘诅咒’。”

“可是……我们周家现在明明都生出了双胞胎啊！破坏禁忌的行为并没有发生啊！”

“周先生，我问你，”段一的语气不慌不忙，他似乎早料到周彬轩会做出这样的反应，“你们双胞胎的诅咒都禁止哪些情形？”

“凡是不符合‘周家的媳妇只能生育一次，且必须生出双胞胎’的情况，都是禁忌。”

“具体说呢？都有哪些情形？”段一进一步追问。

“比如说，生育了两次或两次以上；或者只生育了一次，但只出生了一个孩子；或者结婚后根本没生育。”

“就这些吗？”

“当然！找不到其他情况了！像培鑫、培增那样终身不娶的情况，不属于破戒，周家历史上也发生过先例，没有造成灾难。”周彬轩一边说着，一边回头看了一眼周培鑫和周培增，后者优哉游哉地喝着茶，看着段一，仿佛事不关己的样子。

“我指的当然不是单身的情况，而是另外一种……”段一环视整个大厅，“一种周彬轩刚才所列举的三种情形之外的，仍然破坏了双胞胎戒律的，被大家忽视的情况……而这种情况，恰恰发生在今天的周家身上。某人误以为周家将因此而发生灾难，所以做了一些不必要的安排，反而导致了悲剧的发生。”

二

“从对周家的观察中，我了解到一位伟大的女性。”段一忽然撇开了刚才的话题，“她作为周家的媳妇，一直任劳任怨、相夫教子。丈夫去世后，她又担任起培养两个儿子的重任。终于，在她的精心耕耘下，周宝文、周宝武年纪轻轻便已经知识渊博，成为足以继承周家家业的优秀人才。”段一一边说着，一边走到柳文慧的身边，“这个人，就是你吧？柳夫人。”

“段先生，你想说什么呢？”柳文慧凝视段一，嘴角翘起，露出不可名状的笑容。

段一没有回答她的问题，继续说道：“你这位‘伟大’的女人，严苛地遵循着古时的三从四德，一心忠于周家，置自身于度外。周家对媳妇的任何规矩你都了然于心，你仿若刀尖上行走，如履薄冰、小心翼翼。我好奇的是，像你这样的女人，如果一不小心没有给周家生下双胞胎，会如何做呢？”

“你说的这种情况没有发生，段先生。”柳文慧表情冰冷，“尽管我在临盆时也是非常恐惧，但最后证明一切都是我的多虑，我的儿子——周宝文与周宝武，再过几年就能继承周家，成为周家未来的希望。”

“说得好。”段一笑了，“你一直都是这么打着如意算盘吧？真要到了那个时候，你昔日的偷天换日之技便更加没有人知道了，对不对？”

“段先生，我不知道你要说什么，但请你闭嘴！”说话的是周岳生，“柳文慧是我们周家的好媳妇，请你不要侮辱她！”

“对，她确实是个好媳妇，也正因为如此，她才对诅咒的事十分惧怕，做出了不该做的事。”

“我不明白你想说什么。”周岳生语气生硬。

“我是说，周宝文和周宝武并非各位所想——是一对没有违背双胞胎戒律的周家结晶。”

“原来如此！我的推测是对的！”贾继光猛地一拍大腿，站起身来，“周宝文和周宝武这对双胞胎并不是周家的骨肉！他们是柳文慧为了遮掩自己没有生出双胞胎的事实，在美国领养的！”

“胡说八道！”周岳生和柳文慧异口同声地吼道，吓得贾继光往后退了一步。

“周宝文和周宝武是在美国出生的，当时除了柳文慧和尚在世的周思贤，其他人根本没有亲眼得见，即使他们是被领养的，或是柳文慧与别人的私生子，你们也不得而知吧？”段一说到这里，看到周岳生已经火冒三丈，连周宝文和周宝武两个孩子也欲发作，段一慌忙话锋一转，“但是，这种情形，其实与周彬轩刚才所言‘根本没生育’的情形一致，我说过了，周家此次的情形，并不在周彬轩所言的三种之内。

“周宝文和周宝武两兄弟当然有周家的血统，正因为他们是周家传宗接代唯一的希望，柳文慧在带他们回国后，才要求单独建一处地方供他们学习，而这自然而然地就被周家的人同意了。”段一再度走到了柳文慧身边，“那栋塔楼，我曾去参观过，宝文、宝武两兄弟分别住上下两层，再往上则是那个占据塔楼三分之一的大钟。”

“段一，能不能请你切入重点，你现在都在说什么啊！”这次提出抗议的是周彬轩。

段一笑了，他早料到会发生这种情况。段一之所以如此拐弯抹角，是因为对周家来说，真相太过骇人听闻了，他真的不敢直接将事实说出来，只得不断地在讲述中旁敲侧击，只为给自己最后吐露真相时寻得一个最佳时机，“两个兄弟，从小就刻苦学习，念书、锻炼、用饭的时间都非常固定，只在晚上可以轻松一下。另外，据我所知，两兄弟自小就有一些‘天赋异禀’的特点。比如说，体质特别好，每天可以分时段锻炼三次，合计每人每天锻炼一个半小时，这对一个成年人来说也许并不奇怪，但他们竟然很小就可以坚持每天如此，而且没有影响到他们的身体；他们的母亲为他们安排的用餐量也特别大，据说是因为他们锻炼时间太长，需要及时补充能量，可稍微懂一点常识的人都知道，这种教育方式无异于揠苗助长；另外，他们如此聪明，却又常常听不懂课程，需要家教隔天再教一次，这种情况，直至他们成年才渐渐消减……这一切，都说明什么呢？”

对于段一的这番话，柳文慧低头不语，她一直没有去直视段一的眼睛。

“我还注意到，尽管塔楼里只有两个房间，但关键的物品却都是三个，比如，有三台电脑，同时也有三张桌子，虽然当时我被宝文、宝武两兄弟以其中有一套是老化的机器为由说服过去，但现在越想越不合理，周家如此有钱，老化的机器为什么不处理掉？”段一越说声音越大，“而那个塔楼上的大钟就更加奇怪了，它如此之大，占据了塔楼三分之一的体积，起初我以为它是机械的，钟后面肯定有各种占空间的原件。但是，柳文慧竟然告诉我，它是电子的！换句话说，尽管它很大，但钟的背后却不需要什么占空间的原件，只需要一组特制的电池！这么一来，问题就出现了：钟后面那塔楼的三分之一空间，藏着什么？”

“就因为以上这些种种疑点，我有一个非常大胆的假设……”

说到这里，段一深吸一口气，他环视了大厅一圈。

接下来，段一将说出一个会引发重要混乱的事实，他狠吸了一口气，喉头一阵蠕动后，用刻意提高后的嗓门说：

“居住在塔楼的，一直不是两个人，而是三个人。周宝文和周宝武也不是双胞胎，而是三胞胎中的两人。柳文慧在美国生下孩子后，为了偷天换日，不让周家知道她没有生出双胞胎的事，所以兴建了塔楼，用来隐藏那多出来的一个孩子！”

果不其然，一番话仿佛炸了锅，整个大厅一片混乱。周宝文、周宝武两兄弟此时仿佛两座雕像，一动不动，但能看得出来，他们额头上的汗液在不断地向外渗出。

“而这也正是我之前所说的被周家人忽视的那一种违背戒律的情况——我们只考虑到了生出一个孩子会引发灾难，谁也不曾想过，生出超过两个，比如，三胞胎、四胞胎等等，也是违背戒律的！”最关键的环节一说出来，段一感到如释重负，他不再有所顾忌，把接下来的话向射子弹一样连番吐露出来：

“周宝文、周宝武两兄弟，饮食量之所以大，是因为那是三人食用的分量；运动量之所以大，也是因为三人在轮换着到塔楼外面运动，如果两个人是每人一个半小时的话，三个人就只需要每人一小时了；家教教的东西常常听不懂，要求再讲一次，这是因为不能让家教知道有三个人，所以只能让两人同时上课，另外一个则以听不懂的名义隔天再听！但随着年纪长大，有了自学能力的三个人，就不再需要家教本人亲自教授了，他们完全可以相互之间补习！”

段一两眼直瞪着柳文慧，语速越来越快：“塔楼建的那么高，却只有两层，占据塔楼三分之一的大钟那部分做什么用？很简单！因为那里还有一个房间，从二楼必有暗门通向那里！为了能瞒过所有人，同时又不能影响三个儿子的成长，你才让三人采取逐次替换的方式，平等地对外接受学习、锻炼和与外人交往的机会，这么一来，你表面上安排的时间，每个人都有机会接受到三分之二。否则，如果一直只让其中一个人隐于世外，那这个人的心智和体魄就会受到不好的影响，这是做母亲的你不想看到的。

“但是，这样做最大的一个问题是，三个人时刻处于彼此替换的状态，为了不穿帮，你只有让他们表现出几乎一模一样的习惯、性格和行为方式，也正因为如此，周家上上下下竟然也都分不清周宝文和周宝武这对‘双胞胎’！”

“别说了！”柳文慧双拳砸向自己的膝盖，目光中燃烧着怒火。

段一后退一步，面对柳文慧的表情忽然缓和了一下，他长身玉立，眼神里带着柔光，看着这个周家的可怜人，说话的语气也不再那么咄咄逼人：“大家知道吗？昨日我曾在别墅大厅看到柳文秀女士打算自杀。”

“什么?！”柳文秀噌的一声从座位上站起来，“你胡说什么？我根本没有这么做！”

“你当然没有这么做，因为那时候打算自杀的不是你，是你的姐姐柳文慧。但是，由于之前你在医院对我说的那句‘想死’，我在进门后看到有人自杀的一刹那，先入为主地把她当成了你。”

“这么说……”柳文秀斜睨着姐姐，在对方的脖子上，看到了隐隐约约显露的勒痕，“姐姐，你为什么要寻短见？”

“她之所以寻短见，是因为她发现了，自己辛辛苦苦隐瞒于众的三胞胎儿子们，就是这一系列杀人事件的凶手。”

三

周宝文和周宝武站起来，缓缓走到了段一跟前。

“妈妈，不要再哭了。”其中一人蹲下身子，紧紧抱住柳文慧，像安慰小孩子一样地哄着。另一人，则双眸直盯段一，脸上露出了这个年纪不可能有的恐怖表情，简直想要杀了他。

“在踏足这个别墅的第一天，我就在思考‘双胞胎’在这起事件中的地位。”段一还是在自顾自地说着，“的确，‘双生子诡计’在推理小说中是很常见的，无非是一对双胞胎彼此替换身份制造不在场证明。但是，在这起案件中，双生子诡计似乎发挥不了作用，因为，在案发时间内，每一对双胞胎都是同时出现的，根本不可能发生相互替换的情况。”

“你们三兄弟，恰好利用了外人以为你们是两人的事实，借此制造不在场证明，从而完成这一系列杀人事件。而杀人的方式，估计也与平日里你们母亲的安排相类似——每个人都要有杀人的机会，每个人也都要有替换别人的机会。因此，叶国立、镇长、叶月佳这三个人，是你们三兄弟依次杀死的。”段一说道，“而这种得天独厚的犯罪条件，恰恰是笃信诅咒一事的你们的母亲柳文慧为你们安排的，这便是我所说的‘倒果为因’，不是诅咒灵验了，而是对诅咒的盲从恰恰成为导致悲剧发生的直接因素。”

“我现在总算明白你那几次长篇大论背后的意思了。”贾继光长叹一口气，“这个逻辑，就跟购买保证生男孩的假药的孕妇的心理状态一模一样。”

“是的。”

“三兄弟杀死叶国立、镇长、叶月佳的顺序，估计是按照性格进行安排的，从没有做过这种事的他们，在杀第一个人时，必然挑选了性格最大胆的人。胆大通常心粗，所以叶国立被杀时死得最惨，因为第一次做这事的凶手根本冷静不下来，他只是反复地用钝器击打，尽管对方早就死亡，惊恐的他仍然反复施力，直至头盖骨都崩裂。杀死第一个人后，凶手肯定与两个兄弟分享了经验和教训。所以才会在接下来的镇长被杀、叶月佳被杀案中，行凶方式一模一样，但是现场的血腥程度却越来越轻。这一方面是因为第一人与接下来的两人分享过经验——‘只要用装过砖块的编织袋反复往头上敲，就能成功’，接下来的两兄弟才会照方抓药；另一方面，第一人也必然与其他二人分享了教训——‘杀人比想象中简单，根本没必要打那么多下’，所以三位死者的受伤程度才是依次递减的。

“杀死叶国立时，他们利用了宴席上落单的机会，但在这之后，可能是因为害怕被镇民过分关注，也可能只是单纯的没有找到好的时机，他们过了很长时间才杀镇长。第二个人死之后，他们终于变得大胆起来，于是马上杀死了叶月佳。”段一继续分析道，“为了能顺利实施这一切，他们刻意让其中一人乔装成流浪汉，这样就能脱离三兄弟在塔楼严密的作息时间，取得自由行动的机会，另一方面，还可以迅速地把握住三个目标落单的时机。”

“据我估计，三兄弟是如此分配杀人行动的：连续杀死三人的行动可以分解成五个步骤，即杀叶国立——寻找作案机会——杀镇长——再寻作案机会——杀叶月佳。并且，都是以流浪汉的形象着手这五个行动，因此，每次在将要杀害另外一个人时，三兄弟都会利用别墅后院的暗门进出，让另外一个人换上前一个人的流浪汉行头，着手实施杀人计划，前一个人则恢复双胞胎的样子出现在周家。但是，镇长被杀后，我偶然地发现了暗门的事，周彬轩表示要在第二天封上那道暗门，于是三兄弟无法再有充分的时间寻找更稳妥的作案机会，临时决定当晚利用叶月佳外出健身的机会杀死她，这也正是第二起命案和第三起命案时间如此接近的原因。

“分析到这里，大家应该就明白为什么凶手总是挑晚上的时间杀人了，虽然便于掩人耳目是很重要的一个原因，但更重要的理由在于，三兄弟只在黑夜降临的时候有比较自由的作息时间，其他时间都受到严格的安排，很难取得自由行动的机会。另一方面，三兄弟白天的时间通常待在塔楼里，如果那时候犯案，也会由于没有其他人看到，而无法制造不在场证明。”

“那拾荒者是怎么回事？你不是说他原本不在三兄弟的计划范围之内吗？为什么他会被杀？”老李忽然问道。

“因为中途出现了变故。”段一解释道，“这个变故就是周隽丽的被袭。”

听到段一提她的名字，周隽丽抬起头来，她的表情变得很认真，似乎很想知道被袭击的真相。

“袭击周隽丽的不是三兄弟之一。”段一说，“袭击周隽丽的是后来被杀的拾荒者。”

“为什么他要袭击我？”周隽丽问。

“这个问题我一会儿再回答，先为大家解答拾荒者被杀的原因。”段一说，“拾荒者袭击周隽丽后，周隽丽告诉我们‘凶手是个流浪汉’，就是这句话产生了错误的指向性。在周隽丽眼中，拾荒者和流浪汉是没什么区别的，我们也没有经过详细的调查，就直接把目标放到了住在蝗神庙的那个流浪汉身上——也就是三兄弟之一。”

“这其实是个歪打正着的结果，本身袭击周隽丽的并非凶手，而由于周隽丽的一句证词，我们恰好把目标放到了真凶身上。这么一来，周宝文和周宝武就慌了手脚，在他们原本的计划中，伪装成流浪汉的兄弟是不可能被发现的。一旦警察把目标放到流浪汉的身上，三兄弟的计划就有可能全盘崩溃。

“不出所料的，贾队长很快便递交了通缉申请，不但在镇上，甚至在整个县城都布下警戒网，以查找流浪汉的下落。三兄弟本来打算，在杀死叶月佳后，就让流浪汉的身份从此消失，三兄弟恢复到两兄弟，但由于流浪汉的身份暴露了，他们的计划有被发现的可能。

“就在这种情况下，杀死拾荒者的计划达成了。通过毒杀和假遗书的形式，三兄弟打算让拾荒者背起一切黑锅，这么一来，他们的诡计就永远不会有被发现的可能。也正因为如此，拾荒者成为这一系列杀人案中唯一一个白天遇害的人，因为三兄弟没有足够的时间了。从这一点来推断，杀死拾荒者的应该与杀死叶月佳的人是同一个，这么一来，他们便省却了秘密替换身份的时间，只需换一身行头，让人看不出流浪汉的样子来，再以施舍的名义接近拾荒者，给他下过毒的饭，再把准备好的遗书放进去，一切就大功告成了。”

“胡扯！”段一说到这里，被稚气但粗鲁的声音打断，是周宝文和周宝武，两人生气地怒吼，“你所说的这些都是臆想！我们不是凶手！”

“昨晚我们已经逮捕你们的兄弟了。”贾继光忽然插话道，“他的脸与你们一模一样，你们怎么解释？”

两人呆立住了。

“你们没想到吧？”段一再次发话，“昨天我让贾队长借公布拾荒者自杀的事透露出一个消息：我们明天要对周家宅邸进行一个彻底的搜查。这其实是一个陷阱，引诱你们行动。”

“你们完全可以让三兄弟中的一人躲在暗间里，但是，却难保我们发现那个暗间。另一方面，我们还要在别墅和塔楼内搜索拾荒者的指纹，这么一来，就有可能在塔楼查找到不属于这个别墅任何一个人的指纹——而那指纹又是与拾荒者不相符的！这样的话，三胞胎的事就有可能穿帮。

“危难之下，你们决定连夜让其中一人逃走，待风声过后，再让他回来。事先考虑到这一切的我们，提前设下埋伏，将他抓住。”段一停止了发言，他看着周宝文、周宝武，那神情仿佛说：你们还有什么要辩解的吗？

周宝文与周宝武沮丧地对视一眼：“算你厉害，段一，我们输了。”

四

整个大厅的注意力都转移到两个男孩身上。

"被你们抓住的，是我们的弟弟，他的名字叫周宝理。"其中一个男孩发话了，"我是老大，叫周宝文，旁边这位是二弟，叫周宝武。这三个名字是当年爸爸和妈妈共同起的，但是，尽管如此，三弟的名字几乎从来没有被用过，他通常都是假扮成我或宝武，以三人扮作两人的模式，生活了十五年。"

"段一，你只需要告诉我们，你是从什么时候开始怀疑我们的？"另一个男孩——也就是周宝武——问道。

"最初的怀疑源于连周家的人都分不清你们两个这件事，其后，当我注意到塔楼的一些端倪后，便开始思索各种可能性。"段一说，"后来，在大厅吃饭时，我以留作纪念的名义跟周彬轩要了几件餐具，那其实是你们两人用过的，尚未清洗，指纹还留在上面。"

"原来如此，你是不是事后又偷偷采集了我们两人在其他场合留下的指纹？一经对比，发现不相符？"

"对……但我直到拾荒者被杀，心里有了非常确切的把握后，才让贾队长帮忙做这件事。"段一苦笑一下，"在那之前，连我自己都不相信这种假设，所以我想，为了不给你们造成困扰，还是保险一点好……现在想来，如果我早点行动，就不会造成这么多死亡了。"

"对不起，孩子们……"柳文慧已经泪流满面，"从我把你们带回国那天开始，我就错了……如果我不隐瞒你们三胞胎的事，也许今天的事就不会发生。”

“妈妈，不要哭，”两个男孩异口同声，“不是你的错。”

“我实在是害怕……害怕灾难再一次降临我们周家……”柳文慧抬起头，任眼泪从眼眶中滑落后，沿着脸颊的弧度滚入衣领当中，“更何况，在妹妹生出一对女孩后，周家传宗接代的希望完全落在我和思贤身上，如果我生的不是双胞胎，不但我和孩子们会出现不测，甚至灾难会降到整个周家。”

“因此，在美国，我生出三胞胎以后，丈夫和我就一直在思考打破诅咒的方法。一开始的想法是，将其中一人交给别人抚养，但是，我们实在不忍心让三个孩子分开。而且，这三个孩子毕竟是受到诅咒的，如果把其中一个给别人抚养，那有可能让灾祸殃及他人，这种事我们做不出来……左思右想之下，最后的决定就是，对家里人谎称生出的是双胞胎，等过几年，孩子稍微长大一点之后再回国。届时让三个人假扮成两个人，这样的话，没准既能骗过家里，也能骗过冥冥之中行使诅咒的那位神灵。”

“原来如此。”段一点了一下头，“如果孩子太小，就没法控制住他们哭，即使精心建造了塔楼也无济于事了。”

“对，所以我在孩子七岁的时候才回国，只可惜那时丈夫已经过世，现在想来，他大概是终日生活在恐惧之中，才这么短寿吧。”柳文慧说，“我回国之后，先把其中一个孩子委托给一个朋友，然后，待塔楼建好之后，再将他接回来，接着便按照你说的那种手法，让他们三人彼此轮换着生活。平日里我都以他们要学习为由拒绝其他人随意进入塔楼，塔楼的打扫也都是我在做，别人根本不可能发现。待他们年纪稍大点之后，懂事的他们也了解了我这样做的苦心，于是非常自觉地按照我的要求行动，已经根本不需要我打点一切了。如果我一段时间比较忙，就可能不去塔楼，而他们三人也会非常谨慎地执行着互换的任务。”

“也正因为如此，事件发生的一开始，我根本没有发现是儿子们做的，直至事情快结束，我才赫然惊觉。那时候，我万念俱灰，好像是我自己把孩子们培养成了杀人凶手，绝望之下，我决定自杀。

“结果，关键时刻，段先生你闯进来救了我，而且，你还把我错当成了妹妹，在你劝说我的过程中，你把这一切杀人事件都归结为一个已经自杀的拾荒者，听到这些后，我才稍稍有了活下去的信心。于是我暂时放下了自杀的打算，并假借妹妹的身份，让你不要把这一切告诉别人，这么一来，事情就能继续隐瞒下去。”说到这里，柳文慧脸上显露出了一种畅快的神情，似乎是长久以来积攒的抑郁终于散尽。

“事实上，我就是在那时确信你儿子就是凶手的。”段一说道，“劝说完你之后，我走出大厅，一边思忖着你刚才别扭的表情，一边在庭院里游荡，这时候，塔楼的大钟响起，看到占塔楼三分之一面积的大钟，联想起塔楼里的一切陈设，以及刚才你的奇怪反应，我最终确认了我的怀疑——塔楼里居住的兄弟是三胞胎。”

“你们两个混蛋东西！为什么要杀死自己的亲奶奶！”周彬轩发话了，他怒火中烧，愤怒地想要走上前教训自己的两个侄子，却被周围的几个警察拉住。

“杀人的理由，应该是她吧？”段一从口袋中掏出一张照片，上面的女孩正是已经去世的周紫英。

五

“这、这到底是怎么回事？”周隽丽问道，语气中带着颤音，她面容憔悴，很显然并没有从拾荒者的袭击中完全恢复过来。

“姐姐、姐姐她……”周宝文与周宝武并排站在一起，左边的男孩是周宝文，他咬着嘴唇，迟疑了半晌，随即恶狠狠地说，“姐姐被那群混蛋给……”

“给怎么了？到底发生了什么事!？”一群人中，最想知道周紫英被杀真相的莫过于她的妹妹，周隽丽猛地从座位上站起来，跑向前，双手紧握着周宝文的双臂。

“奶奶、舅姥爷以及镇长，这三个人，早在一年多以前便已是一丘之貉。”周宝武拍了拍周宝文的肩膀，把话接过来，后者在不断的啜泣中，已经无法把话顺畅地说下去了，“奶奶一直打算利用手里的那份股权让娘家变得富足一些，另外也希望能改变一下她在周家的地位；舅姥爷则只是单纯地见钱眼开，想利用我们周家攫取不义之财；而镇长之所以与他们联合，是因为他一直有一批巨额挪用公款事件填不上坑，想通过周家把它掩盖下去。”

“一年前，镇长策划了一个计划，他想通过与周家达成两单政府采购合同的形式，实现他对那批公款的‘偷梁换柱’。第一单短期采购合同是正当的，可以让周家有所营利，第二单长期采购合同，镇长则希望通过联合周家做假账的形式，不断地将它挪用的公款在合同中摊平，这样的话，数年后，即便纪委找上门来，挪用公款的事也被政府采购合同的财务记录给‘抹平’了，镇长便能全身而退。”

“但镇长知道，叔叔是个正人君子，绝对不可能答应他做这种事。”周宝武看了一眼周彬轩，继续说道，“所以他才策划了第一单短期采购合同，将它做成是舅姥爷牵线搭桥的结果。换句话说，他想让我们产生这样一个错觉——没有舅姥爷跟镇长的交情，这份有盈利价值的合同根本不可能签成。然后，待第一单合同顺利执行后，奶奶再利用她的股权，在家庭会议上以此为契机，要求舅姥爷与镇长接洽第二单合同，借口便是‘第一单合同证明了叶国立的实力’。这么一来，只要周家人不亲身参与第二单合同，合同掩盖非法目的的性质就不会被发现，反正将来从账面上看，第二单合同对周家也是有利的，只不过偷偷地完成了镇长的洗钱过程而已。”

“那整件事跟姐姐有什么关系？”周隽丽问。

“通过第二单合同的偷梁换柱，镇长可以顺利地把他挪用的公款转化成两部分内容，一部分是看似正常的政府开支，另一部分则以我们周家公司收入的形式转换成正当营利。转换成正当营利的这笔财产价值不菲，奶奶的目的就是在这里，她打算自留一部分，再分给舅姥爷和她娘家一部分。但镇长显然也是要求分一杯羹的，因为这本来是他挪用公款的收入，他同意奶奶和舅姥爷分一部分，但大部分仍然要归自己。而舅姥爷那种性格……你们想想也知道，于是接下来，三个人对分赃方案产生了争执。

“接下来……镇长和舅姥爷提出了一个方案，这两个混蛋……他们最终同意奶奶在分赃计划中拿到更大的份额，但要求以一样东西交换，那就是他们觊觎已久的紫英姐姐的贞操。”

“什么?！”大厅里顿时炸开了锅。

“叶国立、叶月佳，还有邹光耀那三个混蛋！”周宝文的拳头狠狠地击打着地面，他们完全不顾这三个死者是自己的长辈，直接指名道姓地发泄道，“他们利用姐姐内向自闭的性格，反复地蹂躏他！最终导致姐姐不堪暴虐，只得选择自杀！”

“你们是怎么知道这件事的？”周隽丽与两兄弟抱在一起，一边抽泣着，一边问道，“我与姐姐形影不离，却还无法让她打开心扉，你们是通过什么途径知道的？”

“姐姐当然不会把这种事告诉我们，如果我们在这之前就知道，姐姐也就不会自杀了。我们是在大约半年前得知此事的……姐姐自杀后，奶奶因为心有罪恶，叫停了这个采购合同计划，但舅姥爷和镇长却有意继续进行，两个人经常给奶奶打电话，希望能劝说得动她……每次奶奶为了掩人耳目，都要在深夜到后院去接电话……段一先生，你还记得塔楼旋转楼梯上的那扇窗户吧？”

段一点了点头。

“有一晚，我们三兄弟睡不着觉，就在那里一边向外看，一边聊着天，却无意中看到了奶奶……她鬼鬼祟祟的，好像在说着什么不可告人的事，但我们听不清楚。后来，我们发现奶奶每隔两三天就会到那里打一次电话，好奇的我们就私设了电线，在塔楼最下面直冲后院的位置安了扩音器，声音可以收到塔楼里面，这才让我们渐渐发现了整个真相……

“在那之后，我们就计划了整个复仇过程。

“我们设计了流浪汉这一身份，一方面是为了掩人耳目，另一方面则是最初便打算嫁祸给那个拾荒者。杀死叶国立的是我，”周宝文继续说道，“那几天，我一直装扮成流浪汉的样子，二弟跟三弟则以双胞胎的身份住在家中。待发现叶国立从饭店出来、落单的那一刻，我杀了他。”

“在那之后，”周宝武接着周宝文的话继续说道，“哥哥又接连扮了将近一个月的流浪汉，为了杀死奶奶，但是，奶奶自从舅姥爷死后，一直不怎么出门，唯一的健身时间也是在白天，我们没法下手。不得已之下，只得先把目标放在镇长身上，那天晚上，哥哥从后院的暗门进来，与我换了装，由我拿着凶器来到镇长家，把镇长杀死。”

“我们三兄弟约定每晚七点左右在后院里交换信息，如果当晚需要杀人，则趁那个机会把身份也换过来。姐姐被袭击那天，刚好白天奶奶因为心有余悸，推迟了健身的时间，正好是在七点多的样子，哥哥跟弟弟趁大家送姐姐去医院时换了身份，然后，弟弟来到厂房将落单的奶奶杀死。”

“之后我们便如同段一所说，临时让弟弟把拾荒者毒死，毒物是我们之前学习化学实验时，家教不慎留下的。刚才段一说我们杀死拾荒者是为了让他当替罪羊，其实这只说对了一半，另一个原因是，他袭击了隽丽姐姐……对我和弟弟来说，不管是紫英姐姐还是隽丽姐姐，她们都是我们最重要的人，保护她们是我们的责任……”

“谢谢、谢谢你，弟弟……”周隽丽将他们抱得更紧了。

在场的众人全部眼含热泪，就连旁观者的贾继光和老李也都把脸撇过一旁，不忍心看这让人痛心的一幕。

“周宝文、周宝武……”段一再次开口，但语气中略有一些迟疑，“我、我还有一件事要告诉你们，但是……你们要先答应我，在得知这件事后，一定要冷静。”

“你说吧，现在无论什么事，对我们来说都已经无所谓了。”

两兄弟相继松开紧搂着的周隽丽的身体，站起身，拭去脸上的泪水，面无表情地说道。

六

“你们知道我是怎么发现拾荒者不是凶手的吗？”

“不知道。”

“因为我发现拾荒者是个女人。”段一说，“我在检查她的尸体时，手无意中碰到了胸口，才发现了这一点，你们对此显然不知情，杀死拾荒者只是简单地在施舍的食物里下毒而已，根本没有仔细检查尸体，也正因为如此，你们才会在伪造的遗书里提到她有一个莫须有的‘女朋友’。”

“哦。”两兄弟面无表情，仿佛事不关己。

“不仅如此，拾荒者脸上的那一片深红也并非周隽丽所说的胎记，周隽丽只与拾荒者有一面之缘，看不清楚，这很正常。实际上那是一个伤疤，拾荒者之前受过很重的伤，所以毁容了。”段一继续说道。

两兄弟还是一副无所谓的样子。

“你们不觉得奇怪吗？为什么拾荒者会牵扯到这个案件中来？仅仅是因为她对流浪汉的身份感到好奇吗？”段一说，“拾荒者曾在镇长被杀现场附近的垃圾堆出现过，表面看来她似乎是在捡拾垃圾，但我更情愿相信她是在偷听我们的谈话，以获取与案件有关的讯息；另外，拾荒者也曾出现在你们别墅附近，她袭击周隽丽时，很明显是埋伏多时才动手的，这表示她已经在你们别墅附近观察了很久；在我们去蝗神庙找寻流浪汉时，我也与她打过交道，从她的反应来看，她似乎已经对我和贾队长很熟悉了，这么说来，她不止一次地在偷听我们的谈话。”

段一渐渐地感到嗓子干涩，他清了清嗓子，看着依然没有反应的周宝文和周宝武，说道：“你知道我刚才列举的这一切情景都说明了什么吗？”

“我只看出她对连续发生的杀人事件很好奇，因此刻意地关注我们案子的进展。”说话的是两兄弟中的左边一位，段一已经搞不清楚他是周宝文还是周宝武了。

“不只是好奇，她简直被周家的事深深吸引着，就好像磁石一样，她根本无法控制她自己不去理会你们的事情。”段一咽了一口唾液，说出了整个事件中最令人扼腕的一个事实，“之所以这样，是因为她就是我们认为一年前已经自杀的周、紫、英。”

“什么?！”众人异口同声地呼喊，紧接着，大厅内仿佛发生了地震一样，大家一片嘈杂，柳文秀甚至跪在了地上，发出了哭嚎。

“这、这不可能……这不可能！”右边的男孩双手抓着头发，一边抽泣一边自言自语着。

“你别胡说！”他走上前，猛地抓住段一的衣领，“你不要无凭无据地说这种莫名其妙的话！那个拾荒者不可能是紫英姐姐！”

“如果她是姐姐，她为什么要袭击我？”周隽丽问道。

“因为她已经失忆了。”段一缓缓说道，“一年前她跳下山崖企图自杀，结果没有死成，脸部的伤痕让她毁容了，而头部的撞击又令她失去记忆。那段时间的洪灾延误了你们打捞尸体的时间，等可以打捞时，湖底多具受灾失踪的尸体都已高度腐败，呈现出难以分辨面貌和体型的‘巨人观’景象，就在那个时候，你们把一位在相似的时间坠崖的年龄、身材都比较相似的女尸当成了她——由于已经面目全非，认错也是很正常的。在这之后，周紫英就做起了拾荒者，由于没有之前的记忆，她只能依照自己以前依稀的印象留在镇上，也许是因为只有这个镇让她感到亲切吧。三兄弟实施杀人计划后，她无意中被卷入其中，我想她发现了流浪汉的一些秘密，于是每天都跟踪他，甚至有可能亲眼目击了流浪汉杀人。但她没有打算告发流浪汉，这其实是内心深处的报复心理发生了作用——毕竟他们所杀的都是曾经强奸过自己的人，但对于失忆的她来说，想必连自己都不清楚原因，只是单纯地凭感觉做事罢了。”

“至于她袭击你的原因，我想也可以很容易地解释清楚。对于以前的周紫英来说，作为妹妹的你一直是她羡慕的对象，因为与她相比，你活泼、开朗、朋友多，想必周紫英内心一直在渴望变成你。这么说来，她对你是有着一定的嫉妒心的，但是这种嫉妒心一直被姐妹之情掩盖住了。在她失忆后，以前的亲情记忆消失殆尽，再次见到你时，内心本能的嫉妒感在一瞬间爆发，于是她便神使鬼差地袭击了你。”

“姐姐……”周隽丽抽泣着，嘴中一遍遍重复着两个字，“姐姐……”

“你、你别胡说……这不是真的……”两兄弟低着头，喃喃地嘟囔着。“这不是真的……这不是真的！”

“我们提取了拾荒者尸体身上的DNA，经过鉴定，与周隽丽的DNA相同，因此可以证实两人是同卵双胞胎。”贾继光说道。

“宝武……我、我们到底在做什么……”周宝文紧握双拳，大拇指的指甲深深陷进了肉里，“我们兴致勃勃地制订复仇计划，我们自以为是地为姐姐报仇雪恨……可是，到头来……到头来我们却亲手杀死了想要千方百计保护的姐姐！”周宝文的神经已到了崩溃边缘，他双手抱头，喉咙深处发出了野兽般的哀号。

“啊啊啊！！！”周宝文牙关咬紧，额头上的青筋凸显出来，他的五官已经扭曲，仿佛正在发病的狂犬病人。

贾继光见状，立马挥手让两个警员将周宝文搀扶住，以防他做出出格的事。

这时，地板上忽然传来一阵碰撞声。

段一吃了一惊，他回头一看，只见周宝武正跪在地上，一下一下地把自己的头往地板撞去。

“不要！”段一猛扑上前，打算拦住周宝武，却被这个年仅十五岁的少年用蛮力推开。

“儿子！儿子！”柳文慧也扑上前去，她跪下身子，紧紧地抱住周宝武。

“不要……不要再这样了……”柳文慧的头靠在周宝武的后背上，不断地啜泣着。

周宝武停了下来，额头已经渗出了血。他茫然地看着前方被两个警员拉扯住的周宝文。

兄弟两个面面相觑，一动不动，只有双眼还在毫不停歇地向外涌出泪水。

[暗之卷七 · 冷却的意识]

四肢无力。

分明感到嘴边的鲜血在向外涌流，却没有一丝的疼痛感。意识正在迅速地流失，我却无力改变什么。静静地等待，等待精神陨落的那一刻。

这或许是我此生最后一次还有机会去思考、去回忆。接下来等待我的，是死亡的世界。

为什么那个人要毒死我呢?

我禁不住因为脑中闪过这个傻乎乎的问题觉得十分可笑。如果不是嘴里被鲜血灌满，或许我会笑出声来。

还能是为什么，想让我当命案的替死鬼呗。

在我每时每刻都庆幸流浪汉为我背了黑锅，让我袭击周隽丽的事情不被发现时，对方也在打着同样的如意算盘，想让我当他的代罪羔羊。刚才的那个身形矮小消瘦的男人，肯定就是那个流浪汉。

杂乱的长发没有了，诡异的行动没有了，身上的异味没有了，他化身为一个我完全认不出的形象将我送上了黄泉之路。果真是个为了执行杀人计划，心思缜密的人啊。

早知如此，我干吗要闲着没事去跟踪流浪汉，去刺探周家的秘密？如果我像往常一样，单纯地去捡拾垃圾，填饱肚子，过着自由自在的拾荒者的生活，不是挺好吗？

可是，说起来，我到底是谁呢？

在我拾荒之前，我做过什么？我的父母是谁？我有着怎样的家庭？

不知道。一概不知道。

从有记忆开始，我就已经是个拾荒者了，虽然我看到镇上很多东西时，大脑皮层都在一下下富有节奏地向外鼓动，似乎在提醒我曾经发生过一些消失在记忆深处的东西。比如，当我看到镇上的那个悬崖下的小溪时，并不恐高的我会感到一股莫名其妙的晕眩；当我看到周家那个浮华的庭院和别墅时，会感到一阵阵不适感；当我来到那个叫邹光耀的镇长家附近时，又会产生一种难言的憎恨与厌恶。

咦？为什么我会知道镇长名字叫邹光耀？貌似没人告诉我啊。

这么说起来，自从跟踪流浪汉开始，我的很多行动都难以解释，似乎都是在被我身体里一些隐藏的记忆和条件反射般的动作所指引。也正是因为如此，我根本做不到中途放弃跟踪流浪汉，结果最终落得这般田地——等待死亡。

流浪汉谋杀镇长时，我体内产生的那股油然的畅快感，也是因为身体的隐藏的东西的指引。我内心对镇长的被杀，感到的不是恐怖，而是畅快，过瘾！

还有一件我至今都没有弄明白的事，就是我为什么要袭击周隽丽。

那晚面对那个女孩时，我并没有憎恶，相反，我感到一股莫名的亲切与熟悉。我还记得，那晚的秋风刮起她长发时，沁入我鼻子中的那股熟悉的洗发水味道……

那个味道，有着凝住时间的怀念感。

那个站在我面前的女孩，让我又爱又恨。我想变成她，我想像她一样开朗地笑，大胆地去追求幸福，去爱自己所爱的人，去厌恶自己唾弃的恶棍，每天想几点起床就几点起床，打坏什么餐具也不用怕妈妈的骂。我也想要这样的生活。可是我做不到。从出生开始，我的世界就是阴郁的。

然而，身边却有着一个如此阳光、如此耀眼的她，我难以忍受。无法成为她，就要斩断她，让她也体验一下我的悲哀与绝望。

那一刻的我，这样想。

为什么会这么想，我不知道。这些奇怪的记忆是我自己的，还是那段时间各种奇怪的梦带给我的混乱的幻觉，我不知道。

当我将那根柴火杆子击中她的那一刻，我就开始后悔了。女孩那爽朗的笑容以及被袭击后惊恐的惨叫，至今都在我的脑中回荡。

如果有机会跟她道个歉，然后再去死，就更好了……

明明像她这样的女孩，就是我的理想，就是我憧憬的样子。

如果没有脸上这块红红的疤，如果我不是一个无家可归的拾荒者，如果我也能生在周家这样幸福的家庭，我或许就不是这个样子。

唔……

意识向外抽离的速度加快了。

我感到身体飞速地向一个深渊坠落，现在正处于即将接触崖底的最后一刻。我知道，死亡马上来临了。

记忆里闪过两个人影。

那是一对双胞胎男孩，他们衣着板板正正，带着如同厚瓶底般的高度眼镜，总是一副老成的模样，但又给人感觉稚气未脱。

“姐姐！”一个奇怪的幻听传入耳中。

什么姐姐嘛……我哪有福气有你们这么一对可爱的弟弟，有限的记忆里根本就没见过这两人。原来……临死前真的会产生幻觉吗……

或许，他们是迎接我进入天堂的两个小天使。这样想的话，心情会好很多。

我甚至看到他们正张开怀抱，冲着我露出友善的笑容。那神情仿佛在说，欢迎来到没有悲伤的世界；欢迎来到只有永生的世界；欢迎来到，没有撕裂的痛苦与扭曲的淫笑，没有疯狂的哭泣与崩溃的孤独的世界。

我也张开怀抱，好想把他们两人紧紧地抱住。

在我的双臂即将碰触到他们的那一刻，意识停止了。

[终 幕]

一

段一向周家的众人公布完案情后，立马回到了招待所，草草地收拾好东西，赶到了车站，坐上了回省城的汽车。他一刻都不想再逗留在这座小镇了。

这个案件，给所有人带来了前所未有的崩溃感，事件中的人们，拼命地想要摆脱自己的宿命，甚至想出了各种违背道德乃至人伦的主意，到头来却发现，他们还在宿命这个如来佛的手掌印中，无法跳脱出去。

柳文慧为了尽到一个媳妇的责任，为了不让周家的诅咒降临，费尽心思，将三胞胎之事整整瞒了十五年，最终，诅咒还是悄无声息地降临了。

周宝文、周宝武、周宝理这三个兄弟，绞尽脑汁，策划了一个近乎完美的犯罪计划，只是为了能杀害夺取姐姐贞操的几个罪人，但到头来，周紫英竟鬼使神差地死在了他们三人的手中。

段一到现在都忘不了，周宝文和周宝武在得知他们错杀姐姐后，那种疯狂到近乎自杀的举动。

段一在最后揭示真相时，尽己所能地想让周家人走出莫须有的诅咒的心魔，但是段一知道，他完全没有自信能够说服周家。如今这一系列悲剧，完全是因为柳文慧惧怕诅咒，反而制造了谋杀案发生的客观条件，但是，若仅从表面来看，它确实是在周家破坏了只能生出双胞胎的戒律之后，才发生的死亡。对周家人来说，这反而可能进一步加深他们坚信诅咒存在的心理状态。

周家的所有人，几乎都活在这种想要挣脱开命运却无法做到的悲剧中……

周培鑫和周培增，为了不背负宿命，选择了终身不娶，却最终落得神志不清。

周洪生和周岳生这对兄弟，前者亲身经历诅咒，妻女尽亡；后者生出一对双胞胎，本是欣喜之事，却在数十年之后，仍未挣脱开命运，最终大儿子病死、儿媳为避免诅咒铸下大错、妻子被杀、三个孙子成为杀人凶手乃至孙女自杀未遂后又失忆，最终又被孙子误杀。

至于柳文慧和柳文秀，她们一辈子活在周家的诅咒中，无法逃脱。柳文慧甚至要背上罪人的名字，悲痛终生。

甚至就连被杀的叶国立和叶月佳，也不过是想打破他们在周家因经济实力不足而抬不起头来的命运，最终，机关算尽太聪明，却换来了杀身之祸。

最后一个出现在脑海中的，是周隽丽天真无邪的表情，生活在这样的家庭中，她能否寻得自己的幸福，都将是一个深深的疑问。

这样的事件，令人太绝望了。

坐在长途汽车上，引擎声发出了“匆匆匆”的声音，似乎在催促段一赶快回家，这样他就能躺在那张柔软温暖的床上，美美地睡一觉，忘记发生的一切。

二

段一回到家后，面对着电视上、报纸上及网络上接踵而至的所有有关周家连续杀人事件的报道，他全部忽略，好像这件事情与他没有任何关系。当朋友打电话跟他说“恭喜你又出名了”时，段一愣了许久，后来才反应过来，朋友所指是周家的案件。

就这样混混沌沌地过了半个多月，思绪始终挣扎在忘记与回忆的痛苦之间，段一接到了贾继光的一通电话。

“段大侦探，上次周家的事，多亏了你帮忙啊，真是非常感谢。”

“你这家伙，我好不容易快忘记这件事，为什么又让我想起来！”段一把心中的所有郁闷都发泄在面前的电话听筒上，通话口上沾满了他的唾沫星子，“你有什么事啊？为什么要打电话给我？”

“没什么，只是我们刑警大队的领导要对你表示感谢，你给我们一个地址，我们过几天给你寄个感谢状。”

“哼，无聊的东西。”段一把自己的地址道出来，随即便很不礼貌地挂了电话。

段一一屁股坐在桌案前，看着窗户外面阴郁的天空，他提不起一点精神。

周家上上下下，应该都在记恨我吧。段一禁不住这样想。

果然侦探不是好当的啊，推理小说中的侦探，都是一身智慧与帅气的化身，而现实中识破真相的人，却要遭受凶手家属的怨恨。

其实，在知道真相的那一刻，段一也动了恻隐之心。毕竟三个死者确实十恶不赦，而作为凶手的三兄弟又正处在花季年龄，让他们遭受牢狱之灾，实在是不应该。

但是，对于这样一起恶性事件，段一实在无法做到沉默不语。三兄弟不仅连杀三人，甚至最后还错杀了一直想要守护的姐姐——不管这是故意还是过失，他们由于自己的行为造就了无法挽回的错误，这点是永远无法否认的。人必须学会为自己的行为承担责任，这样的道理，比三兄弟在英才教育系统下学到的所有知识加起来还要重要。

因此，即使被怨恨，段一也不后悔自己的所作所为。不仅如此，他希望周家能继续与命运抗争，打破这个百余年来运转自如的诅咒。

加油，周家的上上下下！段一默默地为他们打气。

三

又过了几天，在一个天气晴朗的傍晚，段一收到了一封特快专递，他本以为这是贾继光之前所说的感谢状。但是，摸着薄薄的信封，段一想这不会是像糊弄小孩子那样的奖状吧？他回忆着上小学时拿在手里的那种粗糙至极的“三好学生”奖状，暗暗骂道，刑警大队真会忽悠人。

他撕开信封，只见里面有两张折叠好的信纸，还有一张支票，上面写着吓人的数字：十万元。

段一慌忙核对了一下信封上的字，只见寄信地址上写着的根本不是刑警大队，而是周家小镇的地址。右下角还用隽秀的字体写着签名：周隽丽。

段一兴奋得肩膀一阵瑟缩，他急切地想知道，在那次事件之后，周家是否一切安好？但是，他的内心又很矛盾，事件发生已经接近一个月了，他倾注所有精力想要忘掉周家的一切，然而，周家却主动联系了他。

我到底要不要打开这封信呢？段一禁不住这样想。

他突然明白，原来贾继光之前给他打电话，询问地址要寄感谢状的事，根本就是胡扯。估计是因为周家急切地想要给他寄信，但却不知道地址，于是才拜托贾继光使了这一“迂回战术”吧。

也许，信里面都是骂我的话吧？段一脸上露出苦笑。

可是，这张十万元的支票又如何说起呢？这是周彬轩事前与段一约好的酬劳，但是，事件过后，段一因心中对周家有愧，根本没有索要这笔钱，现在周家把这笔钱寄来，是不是意味着他们不再生气了？

不不不……根本就没这种可能，也许人家的意思是：我们有骨气，不会昧了你应得的钱，但是，我们仍然恨你！

于是，抱着这样的想法，做好了挨骂的准备后，段一打开了折叠起来的信。

段哥哥：

您好！我是周隽丽，那次事件之后，不知不觉已经过了接近一个月，我们周家也从阴郁中慢慢走出来。

从您讲解案情的那一天起，我才知道，我的第三个堂弟名叫宝理，他与宝文、宝武一样，都是我这个生命中最重要的人。仔细想想，我们也真够傻的，十五年来都被他们三人的演技所蒙骗，如果我们早先发现了这一切，也许就能避开此次的灾祸，我们周家就能从诅咒的阴霾中走出来了。

由于三位堂弟的年纪都在十五岁，律师先生跟我们说，他们已经到了负有刑事责任的年龄。但是，因为未满十八周岁，他们不会被判死刑，也就是说，尽管他们在监狱的日子颇为久远，但他们总有一天是要回归社会的。我已经决定，到时候会去接他们，我们姐弟四人终生厮守。

段哥哥，这次的事情，真的很感谢您。虽然我作为周家的一员，这样说很没有说服力，因为如果不是您，我们周家传宗接代的三个宝贝男孩就不会被送上法庭。但我们全家真的由衷地感谢您。

因为，您帮我们走出了诅咒。

说实话，对于您讲的那番概率论和思维误区的道理，我们周家是不太相信的，即便是受到英才教育的三胞胎弟弟们，他们也对这一说辞不太买账，毕竟生活在这个家中的每个人，都已经深受诅咒的危害。真正让我们动摇诅咒存在的，是这个案子本身。

您说得对，从来不是因为诅咒灵验了，才发生了灾难；而是因为我们坚信诅咒，所以才把任何不幸都归结为它。这次的悲惨事件，的确是因为柳文慧伯母笃信诅咒，不知不觉为命案制造出了便利条件。它从来不是诅咒的“天灾”，而是实实在在的“人祸”。

我们一家人真的都很感谢您，段哥哥。

就连周培鑫、周培增两位迷迷糊糊的爷爷还拄着拐棍说：“小段那家伙啊，是个好青年！”那模样，别提有多可爱了！

周洪生、周岳生两位爷爷身体也一直挺好的，洪生爷爷早已出院。我们犹豫多时才敢把真相告诉他，庆幸的是他在一段悲痛之后，坚强地挺了过来。他跟岳生爷爷说，现在周家到了最危难的时刻，需要有人撑起一片天来，所以，他们不能被悲痛击倒。

至于爸爸和妈妈，他们则一如既往地忙着公司的事情。爸爸原本指望着再过五六年，两位堂弟（实际上是三位）就能接下重任，他就能休息休息了，可是，现在根本不能这样想了。爸爸跟妈妈说，他要继续扛下这个担子，决不能让整个周家以及数以万计的员工饿肚子。而妈妈也在做家务之外，开始学习商业的东西，这样就能好好帮爸爸一把。

整个事件中，最悲痛的莫过于柳文慧伯母了，她一直很自责，甚至在这之后又多次打算自杀，幸亏爸爸和妈妈发现得早。为了让她打消这个念头，我们特意嘱咐三位堂弟经常给她写信，让她加强活下去的信念。如今，她也已经好多了，不再有轻生的念头，还说要为周家服务一辈子，以作赎罪。但事实上，我们周家谁也不认为她有什么错。

至今仍然对诅咒一事半信半疑的，是三胞胎弟弟们。

或许是因为从出生开始，他们就一直在柳伯母的安排下，三人扮作两人机械地生活了那么些年，对他们来说，诅咒已经渗透到了他们生活的方方面面。现在让他们一时间摆脱这种想法，确实很困难。

但是，他们也想出了抵御诅咒的办法。三位堂弟跟我说，他们打算成年后，终身不娶。

他们说，如果诅咒是假的，那最好；如果诅咒是真的，他们只要像两位爷爷一样，只要终身不娶，诅咒就永远不会发生，这是多么简单易行的除咒方式啊！只不过，之前的周家总是囿于传宗接代的使命，不敢做这种“大逆不道”的选择罢了。

我尝试说服他们，但失败了，他们的态度很坚决。想想也正常，在诅咒的乌云中，他们以偷天换日般的方式生活了十几年，对他们来说，他们对诅咒的态度可能会比周洪生、周岳生两位爷爷都决绝。其实这样也好，最起码，对三位堂弟来说，他们后半生不会再有任何的心理负担。

唯一的遗憾是，三位堂弟这一辈子将感受不到婚姻的幸福了。而我，已经决定把三位堂弟终生的遗憾算在一起，让自己找到这一生最爱的人。

直至此刻我才明白，周家的女人一直辛劳终生、没有地位，但是，却有一点要优于男子，那就是，女孩子结婚不会出现“周家媳妇”，因此，不管诅咒存在不存在，不管生不生孩子，不管生几胎，也不管生出的孩子是不是双胞胎，我们都不会遭受灾祸。

我现在才二十岁，年纪尚轻，但我已经决定要努力寻找终生的伴侣了，因为我将是周家血统唯一的传递者！

我的真命天子，一定要高大、帅气，最重要的是，一定要足够聪明，就像段一先生一样！

P.s. 随信附上支票，作为侦破案件的报酬。

此致

敬礼

周隽丽

敬上

段一读完信件，只觉得内心深处有一股柔软的东西被击中了，他站起身，信步走到庭院里。

周家莫须有的诅咒，终于要彻底打破了，而他，也终于没有遭到他们的怨恨。

只要一想到这一点，段一就禁不住地高兴，他激动地加快脚步，走到庭院中央，大大地伸了一个懒腰。

畅快！畅快！！畅快！！！

段一面朝天空，傻傻地笑着。

此时已是晚上，秋风习习，透骨的轻松袭满全身；天际上，一弯明月当空，稀疏的银河挂在树梢上，朦朦胧胧，却让人心中感到一股莫名的振奋。

（全书完）